ÚLTIMO ROUND

siglo veintiuno editores, sa de cv
CERRO DEL AGUA 248, DELEGACIÓN COYOACÁN, 04310 MÉXICO, D.F.

siglo veintiuno de españa editores, sa
C/PLAZA 5, MADRID 33, ESPAÑA

siglo veintiuno argentina editores, sa

siglo veintiuno de colombia, ltda
AV. 3a. 17-73 PRIMER PISO, BOGOTÁ, D.E. COLOMBIA

la portada y el diseño de la edición son de
virginia silva

primera edición 1969
~~edición de bolsillo, 1986~~
ISBN {des Bandes} c.v.
~~(obra completa)~~
ISBN 968-23-0365-6 (tomo 1)

derechos reservados conforme a la ley
impreso y hecho en méxico/printed and made in mexi

JULIO CORTÁZAR

siglo
veintiuno
editores

MÉXICO
ESPAÑA
ARGENTINA
COLOMBIA

ÍNDICE

Sílaba viva	8
Descripción de un combate, o a buen entendedor	10
L'histoire d'O avant la lettre	15
Uno de tantos días de Saignon	16
Patio de tarde	42
Los testigos	44
Mal de muchos...	56
Del cuento breve y sus alrededores	59
El Tesoro de la Juventud	83
Noticias del mes de Mayo	89
Noticias de los Funes	120
Turismo aconsejable	123
El marfil de la torre	149
Casi nadie va a sacarlo de sus casillas	150
Sobremesa	155
Album con fotos	156
Poema 1968	158

País llamado Alechinsky	160
Para una espeleología a domicilio	170
Silvia	172
Homenaje a una torre de fuego	194
Tu más profunda piel	198
Estado de las baterías	204
La noche del transgresor	206
Las tejedoras	208
Quartier	212
Los dioses	216
Los amantes	218
Las buenas inversiones	220
En vista del éxito obtenido	224
La muñeca rota	248
Poesía permutante	272
Homenaje a Alain Resnais	276
Viaje infinito	284
Homenaje a Mallarmé	289

Sílaba viva

Qué vachaché, está ahí aunque no lo quieran,

está en la noche, está en la leche,

en cada coche y cada bache y cada boche

está, le largarán los perros y lo mismo estará

aunque lo acechen, lo buscarán a troche y moche

y él estará con el que luche y el que espiche

y en todo el que se agrande y se repeche

él estará, me cachendió.

Descripción de un combate
o
a buen entendedor

Un final tan inesperado como dramático tuvo el encuentro realizado anoche en el ring del Luna Park y en el cual Juan Yepes (71,500 kg) hacía su reaparición después de un prolongado alejamiento. Un público entusiasta dio la pauta de la expectativa que había provocado el combate en el que, según se descontaba, el púgil cordobés volvería a exhibir su extraordinaria calidad de estilista, a la vez que la seca y eficaz pegada que tantas victorias le valiera en temporadas anteriores.

Sorprendió que Yepes, contrariamente a su modalidad habitual, empezara el encuentro replegado y expectante, como si creyera imprescindible un cauteloso estudio antes de optar por la modalidad combativa que le permitiera perfilar el camino de una rápida definición. El primer round terminó sin que hubiera descargado ningún golpe efectivo, aunque

merece citarse un cross de izquierda en el que campeaba esa admirable economía de medios propia de los campeones y que con frecuencia explica triunfos que de otra manera resultarían incomprensibles. Apenas iniciada la segunda vuelta, Yepes pareció sacudir la modorra que lo había dominado hasta ese momento, y luego de un ligero cambio de golpes que más pareció un saludo que una acción resuelta y antagónica, fue al ataque con rápidas series de uno-dos y de ganchos al cuerpo, magníficamente medidos y que el público aplaudió como un brillante prólogo al inevitable proceso que debería consolidarse y resolverse en las vueltas siguientes. El round transcurrió dentro de ese plan, sin que en ningún momento Yepes pareciera apurado por definir las acciones, y la primera mitad de la tercera vuelta mostró el mismo planteo, es decir, un avance casi continuo, ritmado por el juego de piernas y de cintura característicos del púgil cordobés, y seguidillas de ambas manos interrumpidas por oportunos esquives y veloces side-steps. Hasta ese momento se asistía a una magnífica academia de boxeo, y así lo entendió buena parte del público, que guardaba un silencio admirativo roto aquí y allá por alguna exclamación de aliento.

Salió Yepes a combatir todavía más velozmente en el cuarto round, y acababa de colocar dos derechas a la mandíbula y una izquierda de exactísima trayectoria, cuando sus piernas se aflojaron repentinamente bajo los efectos de un seco directo al hígado. Visiblemente sentido, el cordobés se replegó precipitadamente, alzando la guardia, y buscó el clinch. No había terminado el árbitro, Sr. Araujo, de dar la orden de break, cuando una izquierda en uppercut alcanzó de lleno la mandíbula de Yepes y fue seguida de dos ganchos a la cabeza y un fortísimo cross al cuerpo. Evidentemente desconcertado, Yepes pareció vacilar y amagó sin eficacia algunos golpes largos, pero a los dos minutos veinte segundos fue tomado por otro uppercut, esta vez de derecha, que lo envió a la lona por cinco segundos. El público estupefacto lo vio hacer esfuerzos denodados por levantarse, vacilar, todavía de rodillas, y finalmente enderezarse con los brazos caídos y la mirada vidriosa. El árbitro iba a interponerse a fin de evitar un castigo peligroso en esas circunstancias, pero Yepes armó su guardia y mostró una recuperación que provocó un entusiasmo incontenible en el estadio. Sonó el gong en momentos en que el valiente púgil procuraba entrar en clinch, siendo visible su inferioridad de condiciones pues equivocó el rincón que le correspondía y debió ser guiado por el Sr. Araujo.

Ganados unos pocos segundos mediante el recurso ilícito de enviar a combatir a Yepes con el torso mojado, y luego que el árbitro hubo devuelto la toalla junto con una expresiva amonestación, el campeón cordobés se desplazó buscando el centro del ring, donde siempre se lo ha visto combatir en la plenitud de sus medios por cuanto prefiere la lucha a distancia. Quizá por eso resultó aún más inesperado el gancho de dilatada trayectoria que, surgiendo luego de una acción confusa y enredada, lo alcanzó en la región del corazón. Trató Yepes de proteger la mandíbula de un jab de derecha, pero al vacilar bajo los efectos del primer golpe, fue alcanzado por dos ganchos impecables que lo sacudieron, y un directo en cross que lo tocó en la base de la mandíbula. Como fulminado, Yepes cayó hacia adelante golpeando con la cara en la lona. Al terminar la cuenta sus segundos lo trasladaron totalmente inconsciente a su rincón, donde tardó largos minutos en recobrar los sentidos, y aún así debió ser levantado en vilo para hacerlo bajar del ring. En la reunión se recaudó la suma de 465.785 pesos en concepto de entradas.

L'histoire d'O avant la lettre

En el mes de septiembre, cuando los detenidos en diversas prisiones de Inglaterra fueron llevados a la de Newgate, dos columnas se encontraron, la una procedente de New Prison y la otra de Bridewell. Inmediatamente organizaron una carrera para ver cuál de las dos llegaría antes a Newgate. La segunda de las nombradas ganó la apuesta.

Lichtenberg.

Uno de tantos días
de Saignon

Jueves 4, 10.30 a.m. Los «diarios» de John Cage y algunos poemas de Gary Snyder: decir lo que se quiere sin énfasis, empujando desde abajo (conducta vegetal básica, mientras los animales atacan horizontalmente de atrás hacia adelante: contraponer el estilo árbol al estilo toro). Final de soledad en Saignon: últimas latas de sardinas, me olvidé de comprar pan, vino hay de sobra, mosquitos, desde el domingo no cantan las cigarras, apenas refresca cruzan las colinas del Luberon y buscan la zona costanera, con lo que necesito ese chirrido que se vuelve piel cuando me desnudo al sol de cara a los valles, con un disco de Josh White que me marca el tiempo boca arriba (19'4") y boca abajo (17'7") para no abrasarme. 11.10. Monsieur Serre, el cartero, gritando desde la entrada, *Monsieur Cortansan, Monsieur Cortansan!*, decir que clasifica elige carga en su bolsa me da me hace firmar recibos de ocho catorce cinco cuatro pero nunca menos de dos cartas diarias y todavía no es capaz de pronunciar mi apellido. 11.15. Carta de Octavio Paz desde un pueblo del Nepal (*Mass media*: para seguir los sucesos de mayo en Francia compró un transistor con onda corta, la voz de los locutores de Radio Luxemburgo mezclándose con las letanías budistas al atardecer, *mantras + flashes*: *WE ARE IN THE ATOMIC AGE, BABY*). Carta de Christiane Rochefort. Dirección de Contribuciones Indirectas: enviar cheque, o 10% de multa pasados 15 días. Ejemplar de *Zona Franca*: ¿Por qué gastan en franqueo si no pienso leerlo? Carta de Graciela de Sola, un libro de poemas; la primera parte boca arriba y la segunda boca abajo, las dos una misma sensación de miel oscura:

Unas flores, quemadas en su delirio,
            [viajan hacia el olvido,
hacia el mar, como el agua
que tiembla en mis cabellos
El mar mece sus tumbas sin lápidas,
                        [ajeno.

11.30. Ultima carta de la tanda: noticias de amigos cubanos, un afiche doblado en cuatro, HIROSHIMA, Aniversario del bombardeo, 6 de agosto. Lo pondré en mi cuarto de trabajo para que esa cara de mujer, devorada por una lepra que el Papa sigue bendiciendo por omisión, me bendiga silenciosamente cada vez que yo maldiga al Papa sin omisión, cosa que hago cada día de 9 a 9.5 salvo olvido o café que se vuelca por hervor prematuro. 11.45. Salgo de la ducha y me siento a beber un *pastis* en el líving casi a oscuras, placer secreto después de una hora a pleno sol. Sigo leyendo a Graciela, le oigo a veces una voz Rilke y entonces ladran afuera y es precisamente Rilke, el cachorro de Jean Thiercelin, vienen a saludarme de paso para Bonnieux y Lacoste. Hablo de la coincidencia y Jean se conmueve porque ama tanto a Rilke que no ha podido menos que darle su nombre al cachorro, manera de que esté vivo, de que se lo oiga en los valles, entre los pinos: «*Ici, Rilke! Rilke, couché*! Los dos (y Graciela, espero, si lee esto) pensamos que a Rilke le hubiera gustado saberlo, pero no hay que descuidar la innegable falta de sentido del humor del *Dichter*; en todo caso malhaya los que sigan confundiendo el respeto con el mármol, etc. 12. Será útil indicar que este diario se escribe al final de la jornada y que es un *reader's digest*, con perdón del insulto. ¿Experimentar el diario simultáneo: cinco minutos de acción, crónica, cinco minutos de acción, crónica? Pero la acción se deformaría, córteme señora cinco tajadas de salame medianitas; el aire entre las tajadas aniquila la entidad salame,

qué te queda del cilindro fehaciente, a
gatas unos discos para el vermú. 12.10.
Estos horarios son aproximados, reloj de
sol o de nubes; sirven a lo más de punto
y aparte, aunque después no apartemos
tipográficamente nada para tender mejor
este continuo caliente y lleno de abejas de
mis valles. Por los que sube bramando
un extraño aparato que resulta ser un
Volkswagen donde la ciencia alemana
(está escrito que esta mañana hay una
especie de Deutschland über alles en esta
zona, damn it, y la maldición en inglés,
porque ya se ha visto que también es una
mañana de maldiciones, se justifica cuando de este aparato que es una especie de
hotel ambulante lleno de armarios, ventanillas, techos levadizos y otras astutas
realizaciones germánicas, emergen Paul
Blackburn y Joan Miller que proceden
inmediatamente a acampar al lado de mi
casa y a besuquearme estruendosamente
mientras me alcanzan, ofrenda conmovedora, una botella de tres litros de coñac
español, dos libros de Charles Olson, un
tronco recogido en los Alpes y destinado
a mi chimenea, y la tremenda decisión de
quedarse diez días para que Paul termine conmigo la traducción al angloamericano de mis ya ancianos pero siempre
activos y vehementes cronopios). 12.25.
Por el sendero del pueblo viene bajando

Julio Silva, que lleva ya cuatro días viviendo en casa y en ese tiempo se las ha arreglado para pintar diez cuadros, sin contar la gastronomía que él es capaz de potenciar a alturas dignas de ese sultán persa (digno a su vez de Lezama Lima)

para quien el exceso de un grano de pimienta en un guiso de mijo con tórtolas y albaricoques se traducía en la ejecución de cinco cocineros y gran parte del harén. 12.30. Primer ensayo general de comunicación linguística a base del francoesperanto de Silva, el anglohispano de Blackburn y el francoinglés de Joan, en medio de los cuales yo aporto una tendencia general a expresarme en italiano por razones de desconcierto y regocijo. Nube en forma de pera Williams ha decidido sobrevolar Saignon. *Le Monde*, ofrecido por Paul como prueba de su reciente pasaje por lugares civilizados: síntesis del último discurso del general Barrientos, primer payaso presidente aunque no viceversa. Inevitable recuerdo del *père* Ubu: cada discurso se ajusta estúpidamente a la situación del momento con la esperanza de que la situación acabe por ajustarse al discurso. Como Ubu: cobardía, fanfarronería, imbecilidad astuta, traición a flor de piel, contradicciones hora a hora con esbirros igualmente oligofrénicos. Los diálogos telegráficos entre Barrientos y Argüedas cuando lo del diario del Che. Barrientos: «Vuelva a Bolivia, un error no es un crimen». Ovando: «Si Argüedas vuelve será castigado como lo merece». ¿En qué quedamos, pibes? Horas después Barrientos y Ovando revistando juntos las tropas como si nada. Y Argüedas desde Londres: «Considéreme muerto para Bolivia» (Y para la CIA, of course, ahora que se destapó la cloaca. Impagables, absolutamente el *père* Ubu, cf. la escena VI del primer acto, diálogo entre Ubu y el capitán Bordure. Cf. de paso a Robert Musil: «No hay ningún pensamiento importante que la estupidez no sepa usar; es completamente móvil y puede ponerse todos los trajes de la verdad. La verdad, en cambio, no tiene sino un traje y un camino, y se halla siempre en desventaja». Esto último que lo diga Régis Debray...). Sin hablar del tono oratorio. Barrientos: «Mil, dos mil o tres mil de entre nosotros morirán, pero la revolución (?) conseguirá en definitiva mantener en alto el estandarte de los campesinos». Unico atenuante posible, la traducción del boliviano al francés y del francés al español. Remate shakespiriano: «Las montañas temblarán y las selvas se agitarán bajo el poderoso aliento del campesinado revolucionario». Nunca la prostitución de las palabras fue tan lejos. ¿Y si llegara esa tan prometida guerra? Tendríamos otra vez las instrucciones de Ubu a sus generales: «Vamos, señores, tomemos nuestras disposiciones para la batalla. Nos quedaremos en lo alto de la colina, sin cometer la tontería de bajar al valle. Yo estaré en el centro como una ciudadela viviente, y ustedes gravitarán en torno de mí. Les recomiendo que carguen lo más posible sus fusiles, pues ocho balas pueden matar a ocho rusos, y serán otros tantos que no vendrán a fastidiarme. Pondremos la infantería al pie de la colina para recibir a los rusos y masacrarlos un poco, la caballería detrás para lanzarse en la confusión, y la artillería en este molino de viento aquí en lo alto para que tire sobre el montón...» Lo peor es que Ubu suele ganar sus batallas, cosa que da que pensar. 13.30. Almuerzo bajo el damasco, avispas dipsómanas que acuatizan en los vasos de beaujolais y hay que sacar entre palitos y maldiciones; asado al carbón, chorizos, los valles llenos de sombras de nubes que se desplazan como ejércitos negros (Hércules Seghers, el año pasado en Amsterdam, descubrimiento prodigioso). Blackburn esgrime su grabador portátil, demasiado portátil, con cincuenta minutos de los Beatles haciendo su más fino *kitsch*, Silva y yo silbando pedazos de tangos en los huecos: resultado, Charles Ives o algo así, ohlacultura que después, en columnas sesudas, nos reprochan los criticuchos. 14.45. Silva, instalado en el líving, pinta un cuadro tras otro; su fauna renace con esa extraña palingenesia que ahora la ha vuelto transparente y puntillista, toda en azules y verdes claros, con

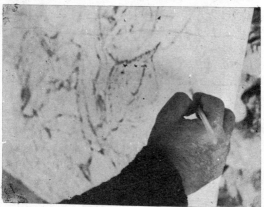

muchos blancos y una atmósfera que no haría toser a Signac. A todo esto Paul y Joan se han metido en el monstruo alemán que ha alzado una especie de espalda escamosa en forma de fuelle, detalle tecnológico que según parece les permite andar de pie por el interior. Costo del Volkswagen: tres mil dólares. Tiene cocina, agua, luces por todas partes, biblioteca, tres camas (una de ellas debe ser para el enano de Gunther Grass, homenaje patriótico del fabricante) y un aire general de tapir o de folklorista enterándose de un artículo de Pierre Boulez. 15.55. Termino un texto sobre la estación de ferrocarril de Calcuta. Habría que escribirlo desde la otra punta del estilo, de la máquina, de uno mismo, al cabo de una mutación vertiginosa que no soy capaz de operar; me quedo en el asco superficial, en el horror previo a la fabricación de una buena conciencia que consiste probablemente en escribir ese texto, como si pudiera servirle de algo al niño que hundía la mano en el vómito del perro, a la mujer que vi en Bombay bajo un sol de abril a mediodía, napalm cósmico de los pobres, tendida en una plazoleta en pleno centro, exactamente tendida en la ridícula línea de sombra de un poste de alumbrado, arrastrándose para seguir la sombra en su desplazamiento de monstruosa aguja de reloj de muerte. 16.40. *Le Monde*: detalles sobre el hambre y las masacres en Biafra; el Papa (se ve que hoy es el día de Alemania y el Papa) acaba de enojarse feo con la píldora. Porque según parece la Iglesia vela por la dignidad de la mujer. Me acuerdo bruscamente de los ranchos riojanos y santiagueños que conocí en el 42 mientras daba la vuelta a la Argentina gracias a un increíble boleto para maestros y profesores que valía ochenta pesos ochenta y permitía usar toda la red de los Ferrocarriles del Estado y nada menos que en primera clase subiendo y bajando donde a uno le daba la gana, que era en todas partes. En fin, la dignidad de las mujeres resplandecía; rodeadas de hijos mugrientos, las chinas de los ranchos trabajaban descalzas y metidas en el polvo mientras el marido se ocupaba de los caballos, el cigarrillo y otras cuestiones propias de su sexo; un embarazo de siete meses no les impedía doblarse hasta el suelo para juntar basuras combustibles, y todo eso tenía según nuestro Papa de turno una dignidad evidente, ya que con cada nuevo hijo la dignidad iba aumentando y al llegar al séptimo la miseria y la dignidad y el embrutecimiento eran casi estruendosos. 17.30. Otro brusco recuerdo (¿pero qué mecanismo lo desencadena si yo estaba regando los árboles y decidiendo que los álamos parecían más lozanos que los tilos?) de un intérprete peruano, profesor universitario en los Estados Unidos, que hace tres meses me conoció en un congreso algodonero y me dijo que el pasaje erótico en glíglico de *Rayuela* había creado tales problemas de semántica, semiótica, semasiología y semiotecnia en el seno de su cátedra, que se decidió apelar a una máquina electrónica para que analizara algunas de las palabras esfingíacas, recayendo la elección en la secuencia siguiente: *le retila la murta*, y la respuesta de la pobre máquina en algo aproximado a: *I don't work miracles, baby*. 17.31. Mientras paso la manguera de un tilo a un árbol de Judea: ¿Por qué los analistas literarios tenderán a imaginar en un texto cualquier cosa salvo la imaginación? El joven platense que consultó todos los diccionarios de la Biblioteca Nacional buscando la palabra mancuspia. Roger Caillois que dedujo que los motecas, en *La noche boca arriba*, se llamaban así porque el protagonista del cuento andaba en moto. El chico de un colegio nacional de Buenos Aires que me escribió desde el hanverso de la hortografía para decirme que su prof los había mandado a explorar la calle Santa Fe para ver si encontraban la casa donde ocurre *Final del juego*. Dan ganas de aplicarles la invocación inmortal de «La Biblia en verso»: ¡*Angeles que felizmente / y con asombro os he hallado / en este lugar sagrado / donde acude tanta gente*! 17.58. Blackburn repecha la colina para decirme que no ha podido entender la frase que tengo recortada de un diario y pegada en la puerta de mi cuarto de trabajo: SAN LORENZO, MUCHO RIESGO PARA RACING. Diálogo sobre la poesía de Charles Olson que ya sería bueno conocer mejor en el cono sur, últimas noticias de Ezra Pound. Le cuento de Juárroz, de Olga Orozco, de Alejandra Pizarnik, de Paco Urondo, de Basilia Papatamastiú. Lleno de buena voluntad escucha Paul y deseo de leer los que le prestaré libros, y después se vuelve a la casa murmurando: «San Lorénzou, moúchou riésgou para Rácing». 18.30. Afeitadoras eléctricas previstas para resistir a todas las contorsiones de una cara, pero acabo de descubrir que si se silba *La payanca* hay un momento en que las hojas lastiman la comisura izquierda de la boca. (Escribir indignado al fabricante de la Rémington Sixtant; pero habría que mandarle el disco con el tango, claro). 19. Esta es la tarde y la hora en que el sol la cresta dora de mis valles, y los presentes nos sentamos a beber el *pastis* vespertino y a estudiar el vuelo de las golondrinas que dibujan sus obras perecederas y perfectas en un cielo impecable. Cincuenta golondrinas disputándose un gran agujero del espacio sobre nuestras cabezas, algo las retiene en esa zona de la que sólo escapan para tomar impulso y dejarse caer con una especie de vértigo, de estremecida alegría; bruscos silbidos al volar bajo, como un menudo *jet* que por un instante nos instala en el ruiseñor del emperador de la China, instalación que Silva rechaza indignado porque no cree en los autómatas aunque por lo demás las golondrinas auténticas no parezcan excitarlo demasiado. Anochece y las últimas evoluciones se hacen más raras, hay un momento en que la escuadrilla parece desvanecerse en el aire, ya no está ahí, ha bastado un segundo de distracción para que se pierda en la vaga región donde anida. Entonces, sin solución de continuidad, vemos venir volando una cosa pequeña y negra que se sacude torpemente con vaivenes de borracho, mi murciélago titular que todas las tardes a esta hora abandona el viejo árbol de los fondos de la casa para cruzar al campo vecino donde le suponemos una novia o una provisión de mosquitos. El contraste es tan grande que nos reimos como idiotas, ya lo dijeron Huxley y Jesús, de gentes así será el reino de los cielos. 20. Tareas domésticas, Silva cocina, Joan tiende la mesa, Paul instala una carpa al lado de su dragón Fafner con las escamas más erizadas que nunca, yo subo el sendero del pueblo para vaciar dos tachos de basura. Regreso despacio, mirando los valles: la nube Magritte no vino este año a suspenderse sobre Cazeneuve, y tampoco vendrá ya Magritte a ponernos entre las manos sus llaves de evasión, sus palomas de piedra más livianas que las de pluma. Victor Brauner, el Che, Magritte: cómo se ha empobrecido el mundo; de pronto la muerte está inmundamente ahí, el lansquenete desdentado de Urs Graf. Unica defensa, hacerle el juego irónicamente, matarla aprendiendo y enseñando a vivir mejor. *And yet, and yet –*. Y así termino de bajar el sendero tarareando una canción criolla que cantaban Gardel y Razzano y que de niño me llenaba de una tristeza sin nombre:

*Ya mis perros se murieron
y mi rancho quedó solo.
Falta que me muera yo
para que se acabe todo.*

20.30. Silva no conocía la canción de Gardel-Razzano, curioso cómo músicas que pueden ser muy bellas se pierden de una generación a otra. A veces hay exhumaciones, como *La guantanamera* cubana que Pete Seeger salvó del olvido y hoy vuelve con los versos de José Martí que cantamos entre una tortilla de hongos y una ensalada:

Tiene el leopardo un abrigo
en el monte seco y pardo.
Yo tengo más que el leopardo
porque tengo un buen amigo.

20.32. Fulminante bifurcación hacia... Wagner (¿atraído por el dragón Fafner-Volkswagen?); está escrito que es el día de la *Kultur*. Una vez más descubro melancólico que si tengo más que el leopardo porque tengo buenos amigos, en cambio jamás encontré ninguno que compartiera mi amor por Wagner, con las ya muy antiguas y distantes y queridas excepciones de Jorge D'Urbano y Eduardo Castagnino. ¿Te acordás hermano los tiempos aquellos con la radio encendida hasta las dos de la mañana, siguiendo la saga de los nibelungos entre tragos de caña, mate y los libritos del doctor Duverges que daban la versión española verso a verso y además todos los *leit-motivs* al margen? Aquel *Tristán* en el Colón, con Helen Traubel, las grandes noches del maestro Kleiber, el menudo Svet Svanholm a quien le calzaban unos coturnos descomunales para comunicarle una estatura heroica, un *Parsifal* que a los diecinueve años me aguanté de pie en el gallinero: youth, youth! 21.30. Pero también es día criollo, che, porque Saúl Yurkiévich me ha prestado unos discos que le llegaron de Buenos Aires y hay dos de Atahualpa con canciones que yo no tenía, de manera que. 21.31. Estoy por poner uno de los discos de Atahualpa cuando harrecia hotra vez la hagarrada wagneriana y vuelta el pickup a su perchita. Yo camaleón (me he explicado en alguna parte) saboreo subrepticio la cosquilla secreta de las síntesis y las conciliaciones, el Yin y el Yang, y por analogía me acuerdo de lo que dice Claudia en *Zona sagrada* de mi cuate Fuentes, algo así como: « Creo que nunca he rechazado a nadie, de veras. La gente se me ha ido quedando atrás, eso es todo ». Hasta mis amigos wagnerianos, ay; pero con estos otros vamos a darle rienda a Atahualpa que canta de caballos homéricamente (al catálogo de las naves sucede ahora el de los pingos en *Pelajes entreveraos*: ¿cuál es la diferencia, oh maestro Segalá y Estalella?). Aquí donde no hay caballos (un burrito baja a veces la cuesta llevado por un viejo paisano que

junta trébol para sus conejos en lo hondo del valle, microscopía de Europa al lado de nuestras desmesuras), la tropilla de Atahualpa se nos desparrama en la noche provenzal, Paul se acuerda de sus *broncos* y sus rodeos, América es una sola aunque pocos lo crean, un día por encima del Pentágono y las bananas y el petróleo los hombres comprenderán la imbecilidad incurable de los nacionalismos; pero antes habrá otras imbecilidades que matar, stop hermano, escuchemos al aedo norteño que nos está diciendo que tuvo un lindo doradillo (*salió de un monte con puerta*: ¿un monte con puerta? Me lo tendrías que explicar, Atahualpa, y estás tan lejos de Saignon), un doradillo que se cansaba de ganar carreras. «Ni lo véian los rayeros, de ganar ya estaba harto...» (*Y a los que habitaban en las cercanías de Egión, y de la gran Helike, y en toda aquella costa, los acaudillaba el rey Agamenón Atreida. Y llegaron en cien naves: eran los más numerosos y más bravos de los guerreros reunidos allí. Y el Atreida, revestido de espléndido bronce y también valeroso, enorgullecíase de mandar a tantos héroes, ya que llevó mayor número de soldados que ninguno.*). 21.45. De compadrada en compadrada, ahora nos enteramos de que Atahualpa perdió su doradillo, pero no importa porque hay otros:

Y como buen argentino
no me podían faltar
dos gateaos para mudar,
uno rubio, otro barcino.

21.47. El gaucho asimila siempre el caballo a su historia personal, y es bueno oirle a Atahualpa:

Un flor de gateao tiznao
me sacó de mil apuros,
marca de Remigio Luro,
me lo habían regalao.

21.49. Sigue el catálogo (un picacito lucero, pero yo empiezo a perderme hacia atrás, quizá por el coñac español que ha traído Blackburn y que se mezcla tan bien con el humo de los *Gitanes* (*tuve un zaino negro argel/ y un tubiano pescuecero...*), de golpe estoy en París el año de mi llegada, y al mismo tiempo estoy en Saladillo, en la estanzuela de Micheo donde aprendí a montar a caballo y tuve una yegua, la Prenda, a la que le debo mucho en materias que asombrarían a los pedagogos (cada uno elige a sus Pestalozzi). Y si digo *al mismo tiempo* es cierto, porque en ese París del 51, ya tan lejos del campo argentino del 35, una tarde en que andaba por la rue St-Ferdi-

nand la sombra de la Prenda me cayó encima con su olor a pasto y a cojinillo sudado, entré a un café del lado del Passage d'Oisy y escribí un poema donde todo se daba a la vez como se me estaba dando, un galope de coñac en una mesa de mármol brotada de cardos, un mozo de café con una rastra en la mano, y el poema empezaba (o seguía): *Y sí, me acuerdo, qué hacerle a tanta sombra...*
22.10. Vertiginosa presencia convergente de lo heterogéneo: Paul mira un álbum con los dibujos de Sengai y de cuando en cuando lo alza contra la lámpara para que yo vea al monje cabalgando un tigre, se ríe como solamente Paul, de la cabeza a los pies, y Joan está perdida en un libro de Malcolm Lowry y cuando alza los ojos se le ven dos barquitos y un piloto que cruza la cubierta con una botella en la mano, y Silva mira un número de *Plexus*, Atahualpa termina el catálogo de sus caballos, *Plexus* fue comprado porque traía unas admirables fotos de Rita Renoir, la *striptiseuse*, y en una de las fotos hay una cripta por la que desfilan hermosas mujeres cubiertas con largas capas negras que sólo dejan al descubierto las nalgas perfectas, cinco o seis traseros como suspendidos en las tinieblas mientras la procesión avanza, y eso

se llama impecablemente *El entierro de Sade*, y todo se da a la vez, pentagrama instantáneo donde las notas lowry zen ritarenoir marcaderemigioluro amordellibertinoporlaangostavía rue St-Ferdinand componen la música de mi exacto presente, mi identidad a las 22.14, esto. Y como en algún momento nos iremos a dormir, entonces el poema como almohada para vos que también tendrás sueño, así se acaba este día de Saignon, este grano en una larga espiga de verano:

PASSAGE D'OISY

*Al lado del erguido pavorreal Champs Elysées
esta menuda esquina pueblerina, la rue St-Ferdinand.
Passage d'Oisy, el café con tanto gris de cielo bajo.
Y sí, me acuerdo, qué hacerle a tanta sombra! El que se acuerda,
otra definición del noble rey de la creación: el que suspira
en mitad de la dicha. Tómese una paloma y una jaula,
mordeja: volvemos a lo andado. Las perdices correrán por los campos
en Mercedes, en Casbas, en Chivilcoy la amodorrada.
En un poste, el terrero de la isla Tenglo, sobre el azul profundo
pacífico chileno, un signo de recuerdo queda,
y siento todavía cómo mi cortaplumas entraba en la madera.
Espigas de la pampa, molinos como espejos para la soledad,
caballos!*

Anda al galope el Fuero, y la Prenda reluncha por azúcar.
Azúcar, sí,
para el café ya frío, dos terrones.
Vamos yendo que es tarde.

Patio de tarde

A Toby le gusta ver pasar a la muchacha
rubia por el patio. Levanta la cabeza y
remueve un poco la cola, pero después se
queda muy quieto, siguiendo con los ojos
la fina sombra que a su vez va siguiendo a
la muchacha rubia por las baldosas del patio.
En la habitación hace fresco, y Toby detesta
el sol de la siesta; ni siquiera le gusta que
la gente ande levantada a esa hora, y la
única excepción es la muchacha rubia.
Para Toby la muchacha rubia puede hacer
lo que se le antoje. Remueve otra vez la
cola, satisfecho de haberla visto, y suspira.
Es simplemente feliz, la muchacha ha pasado
por el patio, él la ha visto un instante, ha
seguido con sus grandes ojos avellana la
sombra en las baldosas.

Tal vez la muchacha rubia vuelva a pasar.
Toby suspira de nuevo, sacude un momento
la cabeza como para espantar una mosca,
mete el pincel en el tarro y sigue aplicando
la cola a la madera terciada.

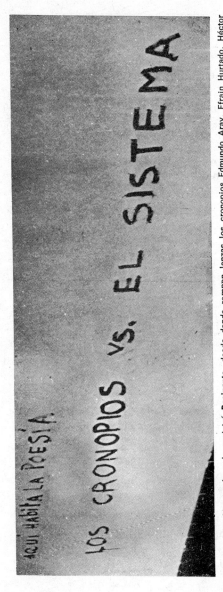

Esto pasó en Venezuela y lo registró **Rocinante**, desde donde rompen lanzas los cronopios Edmundo Aray, Efrain Hurtado, Héctor Malavé Mata y Mauro Bello (junio de 1969).

Los testigos

Cuando le conté a Polanco que en mi casa había una mosca que volaba de espaldas, siguió uno de esos silencios que parecen agujeros en el gran queso del aire. Claro que Polanco es un amigo, y acabó por preguntarme cortésmente si estaba seguro. Como no soy susceptible le expliqué en detalle que había descubierto la mosca en la página 231 de *Oliver Twist*, es decir que yo estaba en mi pieza leyendo *Oliver Twist* con puertas y ventanas cerradas, y que al levantar la vista justamente en el momento en que el maligno Sykes iba a matar a la pobre Nancy, vi tres moscas que volaban cerca del cielo raso, y una de las moscas volaba patas arriba. Lo que entonces dijo Polanco es totalmente idiota, pero no vale la pena transcribirlo sin explicar antes cómo pasaron las cosas.

Al principio a mí no me pareció tan raro que una mosca volara patas arriba si le daba la gana, porque aunque jamás había visto semejante comportamiento, la ciencia enseña que eso no es una razón para rechazar los datos de los sentidos frente a cualquier novedad. Se me ocurrió que a lo mejor el pobre animalito era tonto o tenía lesionados los centros de

45

orientación y estabilidad, pero poco me bastó para darme cuenta de que esa mosca era tan vivaracha y alegre como sus dos compañeras que volaban con gran ortodoxia patas abajo. Sencillamente esta mosca volaba de espaldas, lo que entre otras cosas le permitía posarse cómodamente en el cielo raso; de tanto en tanto se acercaba y se adhería a él sin el menor esfuerzo. Como todo tiene su compensación, cada vez que se le antojaba descansar sobre mi caja de habanos se veía precisada a rizar el rizo, como tan bien traducen en Barcelona los textos ingleses de aviación, mientras sus dos compañeras se posaban como reinas sobre la etiqueta «made in Havana» donde Romeo abraza enérgicamente a Julieta. Apenas se cansaba de Shakespeare, la mosca despegaba de espaldas y revoloteaba en compañía de las otras dos formando esos dibujos insensatos que Pauwels y Bergier se obstinan en llamar brownianos. La cosa era extraña, pero a la vez tenía un aire curiosamente natural, como si no pudiera ser de otra manera; abandonando a la pobre Nancy en manos de Sykes (¿qué se puede hacer contra un crimen cometido hace un siglo?), me trepé al sillón y traté de estudiar más de cerca un comportamiento en el que rivalizaban lo supino y lo insólito. Cuando la señora Fotheringham vino a avisarme que la cena estaba servida (vivo en una pensión), le contesté sin abrir la puerta que bajaría en dos minutos y, de paso, ya que la tenía orientada en el tema temporal, le pregunté cuánto vivía una mosca. La señora Fotheringham, que conoce a sus huéspedes, me contestó sin la menor sorpresa que entre diez y quince días, y que no dejara enfriar el pastel de conejo. Me bastó la primera de las dos noticias para decidirme – esas decisiones son como el salto de la pantera – a investigar y a comunicar al mundo de la ciencia mi diminuto aunque alarmante descubrimiento.

Tal como se lo conté después a Polanco, vi en seguida las dificultades prácticas. Vuele boca abajo o de espaldas, una mosca se escapa de cualquier parte con probada soltura; aprisionarla en un bocal e incluso en una caja de vidrio puede perturbar su comportamiento o acelerar su muerte. De los diez o quince días de vida, ¿cuántos le quedaban a este animalito que ahora flotaba patas arriba en un estado de gran placidez, a treinta centímetros de mi cara? Comprendí que si avisaba al Museo de Historia Natural, mandarían a algún gallego armado de una red que acabaría en un plaf con mi increíble hallazgo. Si la filmaba (Polanco hace cine, aunque con mujeres), corría el doble

riesgo de que los reflectores estropeasen el mecanismo de vuelo de mi mosca, devolviéndolo en una de esas a la normalidad con enorme desencanto de Polanco, de mí mismo y hasta probablemente de la mosca, aparte de que los espectadores futuros nos acusarían sin duda de un innoble truco fotográfico. En menos de media hora (había que pensar que la vida de la mosca corría con una aceleración enorme si se la comparaba con la mía) decidí que la única solución era ir reduciendo poco a poco las dimensiones de mi habitación hasta que la mosca y yo quedáramos incluidos en un mínimo de espacio, condición científica imprescindible para que mis observaciones fuesen de una precisión intachable (llevaría un diario, tomaría fotos, etc.) y me permitieran preparar la comunicación correspondiente, no sin antes llamar a Polanco para que testimoniara tranquilizadoramente no tanto sobre el vuelo de la mosca como acerca de mi estado mental.

Abreviaré la descripción de los infinitos trabajos que siguieron, de la lucha contra el reloj y la señora Fotheringham. Resuelto el problema de entrar y salir siempre que la mosca estuviera lejos de la puerta (una de las otras dos se había escapado la primera vez, lo cual era una suerte; a la otra la aplasté implacablemente contra un cenicero), empecé a acarrear los materiales necesarios para la reducción del espacio, no sin antes explicarle a la señora Fotheringham que se trataba de modificaciones transitorias, y alcanzarle por la puerta apenas entornada sus ovejas de porcelana, el retrato de lady Hamilton y la mayoría de los muebles, esto último con el riesgo terrible de tener que abrir de par en par la puerta mientras la mosca dormía en el cielo raso o se lavaba la cara sobre mi escritorio. Durante la primera parte de estas actividades me vi forzado a observar con mayor atención a la señora Fotheringham que a la mosca, pues veía en ella una creciente tendencia a llamar a la policía, con la que desde luego no hubiese podido entenderme por un resquicio de la puerta. Lo que más inquietó a la señora Fotheringham fue el ingreso de las enormes planchas de cartón prensado, pues naturalmente no podía comprender su objeto y yo no me hubiera arriesgado a confiarle la verdad, pues la conocía lo bastante como para saber que la manera de volar de las moscas la tenía majestuosamente sin cuidado; me limité a asegurarle que estaba empeñado en unas proyecciones arquitectónicas vagamente vinculadas con las ideas de Palladio sobre la perspectiva en los teatros elípticos, concepto que recibió con la misma expresión de una tortuga en circunstancias parecidas. Prometí además indemnizarla por cualquier daño, y unas horas después ya tenía instaladas las planchas a dos metros de las paredes y del cielo raso, gracias a múltiples prodigios de ingenio, «scotchtape» y ganchitos. La mosca no me pareció descontenta ni alarmada; seguía volando patas arriba, y ya llevaba consumida buena parte del terrón de azúcar y del dedalito de agua amorosamente colocados por mi en el lugar más cómodo. No debo olvidarme de señalar (todo era prolijamente anotado en mi diario) que Polanco no estaba en su casa, y que una señora de acento panameño atendía el teléfono para manifestarme su profunda ignorancia del paradero de mi amigo. Solitario y retraído como vivo, sólo en Polanco podía confiar; a la espera de su reaparición decidí continuar el estrechamiento del «habitat» de la mosca a fin de que la experiencia se cumpliera en condiciones óptimas. Tuve la suerte de que la segunda tanda de planchas de cartón fuera mucho más pequeña que la anterior, como puede imaginarlo todo propietario de una muñeca rusa, y que la señora Fotheringham me viera acarrearla e introducirla en mi aposento sin tomar otras medidas que llevarse una mano a la boca mientras con la otra elevaba por el aire un plumero tornasolado.

Preví, con el temor consiguiente, que el ciclo vital de mi mosca se estuviera acercando a su fin; aunque no ignoro que el subjetivismo vicia las experiencias, me pareció advertir que se quedaba más tiempo descansando o lavándose la cara, como si el vuelo la fatigara o la aburriera. La estimulaba levemente con un vaivén de la mano, para cerciorarme de sus reflejos, y la verdad era que el animalito salía como una flecha patas arriba, sobrevolaba el espacio cúbico cada vez más reducido, siempre de espaldas, y a ratos se acercaba a la plancha que hacía de cielo raso y se adhería con una negligente perfección que le faltaba, me duele decirlo, cuando aterrizaba sobre el azúcar o mi nariz. Polanco no estaba en su casa.

Al tercer día, mortalmente aterrado ante la idea de que la mosca podía llegar a su término en cualquier momento (era irrisorio pensar que me la encontraría de espaldas en el suelo, inmóvil para siempre e idéntica a todas las otras moscas), traje la última serie de planchas, que redujeron el espacio de observación a un punto tal que ya me era imposible seguir de pie y tuve que fabricarme un ángulo de observación a ras del suelo con ayuda de dos almohadones y una colchoneta que la señora Fotheringham me alcanzó llorando. A esta altura de mis trabajos el problema era entrar y salir; cada vez había que apartar y reponer con mucho cuidado tres planchas sucesivas, cuidando de no dejar el menor resquicio, hasta llegar a la puerta de mi pieza, tras de la cual tendían a amontonarse algunos pensionistas. Por eso, cuando escuché la voz de Polanco en el teléfono, solté un grito que él y su otorrinolaringólogo calificarían más tarde severamente. Inicié entonces un balbuceo explicativo, que Polanco cortó ofreciéndose a venir immediatamente a casa, pero como los dos y la mosca no íbamos a caber en tan pequeño espacio, entendí que primero tenía que ponerlo en conocimiento de los hechos para que más tarde entrara como único observador y fuera testigo de que la mosca podía estar loca, pero yo no. Lo cité en el café de la esquina de su casa, y ahí, entre dos cervezas, le conté.

Polanco encendió la pipa y me miró un rato. Evidentemente estaba impresionado, y hasta se me ocurre que un poco pálido. Creo haber dicho ya que al comienzo me preguntó cortésmente si yo estaba seguro de lo que le decía. Debió convencerse, porque siguió fumando y meditando, sin ver que yo no quería perder tiempo (¿y si ya estaba muerta, y si ya estaba muerta?) y que pagaba las cervezas para decidirlo de una vez por todas.

Como no se decidía me encolericé y aludí a su obligación moral de secundarme en algo que sólo sería creído cuando hubiera un testigo digno de fe. Se encogió de hombros, como si de pronto hubiera caído sobre él una abrumadora melancolía.

— Es inútil, pibe — me dijo al fin —. A vos a lo mejor te van a creer aunque yo no te acompañe. En cambio a mí...

— ¿A vos? ¿Y por qué no te van a creer a vos?

— Porque es todavía peor, hermano — murmuró Polanco —. Mirá, no es normal ni decente que una mosca vuele de espaldas. No es ni siquiera lógico si vamos al caso.

— ¡Te digo que vuela así! — grité, sobresaltando a varios parroquianos.

— Claro que vuela así. Pero en realidad esa mosca sigue volando como cualquier mosca, sólo que le tocó ser la excepción. Lo que ha dado media vuelta es todo el resto — dijo Polanco —. Ya te podés dar cuenta de que nadie me lo va a creer, sencillamente porque no se puede demostrar y en cambio la mosca está ahí bien clarita. De manera que mejor vamos y te ayudo a desarmar los cartones antes de que te echen de la pensión, no te parece.

55

Mal de muchos... 13/2/93

A lo mejor a usted le sirve de consuelo enterarse concretamente de que los argentinos o los bolivianos no somos los únicos (con otros veinte o treinta países y paisitos del tercer mundo) que padecemos la ingerencia norteamericana en nuestra así llamada soberanía. Desde luego si es mal de muchos le sirve de consuelo, no tengo nada más que decirle o a lo sumo regalarle un babero; pero como tiendo a esperar que le suceda precisamente lo contrario, aquí va sin comentarios un texto firmado por Michel Bosquet, publicado en *Le Nouvel Observateur*, de París, a fines de julio de 1968, y confirmado luego por noticias de *Le Monde*, también de París.

El caso Clayson es el ejemplo típico de los riesgos que para un país en apariencia independiente representa la ingerencia norteamericana en una de sus industrias. El ejemplo es tan perfecto que resulta casi desconocido. Y con razón: la revista belga Le Point, *cuyo número de julio debía incluir un artículo sobre el caso Clayson, no pudo ser impresa. Los hechos son los siguientes.*

La Sociedad Anónima Clayson, fundada a comienzos de siglo por el belga Claeys, emplea a 2.700 obreros en su fábrica de Zedelgem, cerca de Brujas. Sus cosechadoras-trilladoras polivalentes, capaces de recoger indistintamente trigo, maíz, arroz, soya, sorgo y girasol, no tienen equivalente en todo el mundo. Se las exporta a 62 países, especialmente a Francia que es el principal cliente europeo de la sociedad belga.

Así, cuando el gobierno de Cuba consultó a técnicos franceses, agrónomos e ingenieros de puentes y caminos, miembros de las misiones Berliet (camiones), Richard-Continental y Richier (tractores pesados y bulldozers), que se encontraban en Cuba, sobre el tipo de cosechadora más adecua-

Los belgas perdían la partida en todos los terrenos, sin alcanzar a ver en qué sentido la mecado para la agricultura cubana, los franceses aconsejaron las máquinas Clayson.

El acuerdo quedó rápidamente concluido: Cuba hizo a la Clayson un pedido por valor de más de 125 millones de francos belgas, pagaderos a razón de un 10 % al formalizar el pedido, 20 % contra entrega, y 70 % posteriormente. El gobierno belga se congratulaba de la conclusión del negocio, el cual no suscitó ninguna objeción por parte del consejo administrativo de la firma, que desde 1964 comprende a tres norteamericanos, representantes de la Sperry Rand Corporation, sobre un total de cinco miembros.

Este trust norteamericano que fabrica computadoras (Univac), máquinas de oficina (Remington), material agrícola (New Holland), y sobre todo equipos para la aviación y la marina de guerra de los Estados Unidos, había comprado el 8 de mayo de 1964 la mayoría de las acciones de la Clayson (65 %). La importancia de los suministros militares en las ganancias de la Sperry Rand la volvía particularmente vulnerable a cualquier presión del gobierno norteamericano. Y las presiones no tardaron en manifestarse: el Departamento de Estado vetó el negocio de que hablamos.

Como la Clayson es jurídicamente una sociedad belga, el gobierno de este país protestó vigorosamente contra la ingerencia del gobierno de los Estados Unidos. El contrato con Cuba se convirtió en una cuestión de Estado. Los belgas hacían notar que la Clayson no figuraba en la lista de los proveedores a los que pueden comprar los países subdesarrollados con créditos del Banco Internacional. Este último, en efecto, sólo financia la compra de productos y de material norteamericanos. Sin embargo, para el Departamento de Estado la Clayson es una empresa norteamericana.

57

nización de la agricultura cubana podía poner en peligro la seguridad de los Estados Unidos.
Inflexible, el gobierno norteamericano, en la persona de Mr. Katzenbach. consejero del presidente Johnson, mantuvo su veto. Los belgas se vieron incluso amenazados con la supresión de las inversiones norteamericanas en el país en caso de que siguieran oponiéndose.
Tal es el asunto que evocaba uno de los artículos del número de julio de Le Point, ya enteramente compuesto y a punto de ser impreso. Desgraciadamente, la Clayson es uno de los clientes m importantes de la imprenta, cuyo proprietario atemorizó. Parece, además, según lo ha dicho el director de Le Point en una carta a los suscriptores, que ese temor nació de una llamada telefónica de la firma Clayson, según la cual sería conveniente que no se volviera a hablar del asunto de las cosechadoras... »

Usted verá, ahora, si el mal de muchos lo consuela de algo en su modesto país centro o sudamericano, tan poquita cosa al lado del floreciente reino de Balduino y de Fabiola.

Del cuento breve
y sus alrededores

> Léon L. affirmait qu'il n'y avait qu'une chose de plus épouvantable que l'Epouvante: la journée normale, le quotidien, nous-mêmes sans le cadre forgé par l'Epouvante. — Dieu a créé la mort. Il a créé la vie. Soit, déclamait LL. Mais ne dites pas que c'est Lui qui a également créé la «journée normale», la «vie de-tous-les-jours». Grande est mon impiété, soit. Mais devant cette calomnie, devant ce blasphème, elle recule.
>
> Piotr Rawicz, *Le sang du ciel*.

Alguna vez Horacio Quiroga intentó un «decálogo del perfecto cuentista», cuyo mero título vale ya como una guiñada de ojo al lector. Si nueve de los preceptos son considerablemente prescindibles, el último me parece de una lucidez impecable: «Cuenta como si el relato no tuviera interés más que para el pequeño ambiente de tus personajes, de los que pudiste haber sido uno. No de otro modo se obtiene la *vida* en el cuento».

La noción de pequeño ambiente da su sentido más hondo al consejo, al definir la forma cerrada del cuento, lo que ya en otra ocasión he llamado su esfericidad; pero a esa noción se suma otra igualmente significativa, la de que el narrador pudo haber sido uno de los personajes, es decir que la situación narrativa en sí debe nacer y darse dentro de la esfera, trabajando del interior hacia el exterior, sin que los límites del relato se vean trazados como quien modela una esfera de arcilla. Dicho de otro modo, el sentimiento de la esfera debe preexistir de alguna manera al acto de escribir el cuento, como si el narrador, sometido por la forma que asume, se moviera implícitamente en ella y la llevara a su extrema tensión, lo que hace precisamente la perfección de la forma esférica.

Estoy hablando del cuento contemporáneo, digamos el que nace con Edgar Allan Poe, y que se propone como una máquina infalible destinada a cumplir su misión narrativa con la máxima economía de medios; precisamente, la diferencia entre el cuento y lo que los franceses llaman *nouvelle* y los anglosajones *long short story* se basa en esa implacable carrera contra el reloj que es un cuento plenamente logrado: basta pensar en «The Cask of Amontillado», «Bliss», «Las ruinas circulares» y «The Killers». Esto no quiere decir que cuentos más extensos no puedan ser igualmente perfectos, pero me parece obvio que las narraciones arquetípicas de los últimos cien años han nacido de una despiadada eliminación de todos los elementos privativos de la *nouvelle* y de la novela, los exordios, circunloquios, desarrollos y demás recursos narrativos; si un cuento largo de Henry James o de D. H. Lawrence puede ser considerado tan genial como aquéllos, preciso será convenir en que estos autores trabajaron con una apertura temática y linguística que de alguna manera facilitaba su labor, mientras que lo siempre asombroso de los cuentos contra el reloj está en que potencian vertiginosamente un mínimo de elementos, probando que ciertas situaciones o terrenos narrativos privilegiados pueden traducirse en un relato de proyecciones tan vastas como la más elaborada de las *nouvelles*.

Lo que sigue se basa parcialmente en experiencias personales cuya descripción mostrará quizá, digamos desde el exterior de la esfera, algunas de las constantes que gravitan en un cuento de este tipo. Vuelvo el hermano Quiroga para recordar que dice: «Cuenta como si el relato no tuviera interés más que para el pequeño ambiente de tus personajes, *de los que pudiste ser uno*». La noción

de ser uno de los personajes se traduce por lo general en el relato en primera persona, que nos sitúa de rondón en un plano interno. Hace muchos años, en Buenos Aires, Ana María Barrenechea me reprochó amistosamente un exceso en el uso de la primera persona, creo que con referencia a los relatos de «Las armas secretas», aunque quizá se trataba de los de «Final del juego». Cuando le señalé que había varios en tercera persona, insistió en que no era así y tuve que probárselo libro en mano. Llegamos a la hipótesis de que quizá la tercera actuaba como una primera persona disfrazada, y que por eso la memoria tendía a homogeneizar monótonamente la serie de relatos del libro.

En ese momento, o más tarde, encontré una suerte de explicación por la vía contraria, sabiendo que cuando escribo un cuento busco instintivamente que sea de alguna manera ajeno a mí en tanto demiurgo, que eche a vivir con una vida independiente, y que el lector tenga o pueda tener la sensación de que en cierto modo está leyendo algo que ha nacido por sí mismo, en sí mismo y hasta de sí mismo, en todo caso con la mediación pero jamás la presencia manifiesta del demiurgo. Recordé que siempre me han irritado los relatos donde los personajes tienen que quedarse como al margen mientras el narrador explica por su cuenta (aunque esa cuenta sea la mera explicación y no suponga interferencia demiúrgica) detalles o pasos de una situación a otra. El signo de un gran cuento me lo da eso que podríamos llamar su autarquía, el hecho de que el relato se ha desprendido del autor como una pompa de jabón de la pipa de yeso. Aunque parezca paradójico, la narración en primera persona constituye la más fácil y quizá mejor solución del problema, porque *narración* y *acción* son ahí una y la misma cosa. Incluso cuando se habla de terceros, quien lo hace es parte de la acción, está en la burbuja y no en la pipa. Quizá por eso, en mis relatos en tercera persona, he procurado casi siempre no salirme de una narración *strictu senso*, sin esas tomas de distancia que equivalen a un juicio sobre lo que está pasando. Me parece una vanidad querer intervenir en un cuento con algo más que con el cuento en sí.

Esto lleva necesariamente a la cuestión de la técnica narrativa, entendiendo por esto el especial enlace en que se sitúan el narrador y lo narrado. Personalmente ese enlace se me ha dado siempre como una polarización, es decir que si existe el obvio puente de un lenguaje yendo de una voluntad de expresión a la expresión misma, a la vez ese puente me separa, como escritor, del cuento como cosa escrita, al punto que el relato queda siempre, con la última palabra, en la orilla opuesta. Un verso admirable de Pablo Neruda: *Mis criaturas nacen de un largo rechazo*, me parece la mejor definición de un proceso en el que escribir es de alguna manera exorcisar, rechazar criaturas invasoras proyectándolas a una condición que paradójicamente les da existencia universal a la vez que las sitúa en el otro extremo del puente, donde ya no está el narrador que ha soltado la burbuja de su pipa de yeso. Quizá sea exagerado afirmar que todo cuento breve plenamente logrado, y en especial los cuentos fantásticos, son productos neuróticos, pesadillas o alucinaciones neutralizadas mediante la objetivación y el traslado a un medio exterior al terreno neurótico; de todas maneras, en cualquier cuento breve memorable se percibe esa polarización, como si el autor hubiera querido desprenderse lo antes posible y de la manera más absoluta de su criatura, exorcisándola en la única forma en que le era dado hacerlo: escribiéndola.

Este rasgo común no se lograría sin las condiciones y la atmósfera que acompañan el exorcismo. Pretender liberarse de criaturas obsesionantes a base de mera técnica narrativa puede quizá dar un cuento, pero al faltar la polarización esencial, el rechazo catártico, el resultado literario será precisamente eso, literario; al cuento le faltará la atmósfera que ningún análisis estilístico lograría explicar, el aura que pervive en el relato y poseerá al lector como había poseído, en el otro extremo del puente, al autor. Un cuentista eficaz puede escribir relatos literariamente válidos, pero si alguna vez ha pasado por la experiencia de librarse de un cuento como quien se quita de encima una alimaña, sabrá de la diferencia que hay entre posesión y cocina literaria, y a su vez un buen lector de cuentos distinguirá infaliblemente entre lo que viene de un territorio indefinible y ominoso, y el producto de un mero *métier*. Quizá el rasgo diferencial más penetrante — lo he señalado ya en otra parte — sea la tensión interna de la trama narrativa. De una manera que ninguna técnica podría enseñar o proveer, el gran cuento breve condensa la obsesión de la alimaña, es una presencia alucinante que se instala desde las primeras frases para fascinar al lector, hacerle perder contacto con la desvaída realidad que lo rodea, arrasarlo a una sumersión más intensa y avasalladora. De un cuento así se sale como de un acto de amor, agotado y fuera del mundo circundante, al que se vuelve poco a poco con una mirada de sorpresa, de lento reconocimiento, muchas veces de alivio y tantas otras de resignación. El hombre que escribió ese cuento pasó por una experiencia todavía más extenuante, porque de su capacidad de transvasar la obsesión dependía el regreso a condiciones más tolerables; y la tensión del cuento nació de esa eliminación fulgurante de ideas intermedias, de etapas preparatorias, de toda la retórica literaria deliberada, puesto que había en juego una operación en alguna medida fatal que no toleraba pérdida de tiempo; estaba allí, y sólo de un manotazo podía arrancársela del cuello o de la cara. En todo caso así me tocó escribir muchos de mis cuentos; incluso en algunos relativamente largos, como *Las armas secretas*, la angustia omnipresente a lo largo de todo un día me obligó a trabajar empecinadamente hasta terminar el relato y sólo entonces, sin cuidarme de releerlo, bajar a la calle y caminar por mí mismo, sin ser ya Pierre, sin ser ya Michèle.

Esto permite sostener que cierta gama de cuentos nace de un estado de trance, anormal para los cánones de la normalidad al uso, y que el autor los escribe mientras está en lo que los franceses llaman un «état second». Que Poe haya logrado sus mejores relatos en ese estado (paradójicamente reservaba la frialdad racional para la poesía, por lo menos en la intención) lo prueba más acá de toda evidencia testimonial el efecto traumático, contagioso y para algunos diabólico de *The Tell-tale Heart* o de *Berenice*. No faltará quien estime que exagero esta noción de un estado ex-orbitado como el único terreno donde puede nacer un gran cuento breve; haré notar que me refiero a relatos donde el tema mismo contiene la «anormalidad», como los citados de Poe, y que me baso en mi propia experiencia toda vez que me vi obligado a escribir un cuento para evitar algo mucho peor. ¿Cómo describir la atmósfera que antecede y envuelve el acto de escribirlo? Si Poe hubiera tenido ocasión de hablar de eso, estas páginas no serían intentadas, pero él calló ese círculo de su infierno y se limitó o convertirlo en *The Black Cat* o en *Ligeia*. No sé de otros testimonios que puedan ayudar a comprender el proceso desencadenante y condicionante de un cuento breve digno de recuerdo; apelo entonces a mi propia situación de cuentista y veo a un hombre relativamente feliz y cotidiano, envuelto en las mismas pequeñeces y dentistas de todo habitante de una gran ciudad, que lee el periódico y se enamora y va al teatro y que

de pronto, instantáneamente, en un viaje en el subte, en un café, en un sueño, en la oficina mientras revisa una traducción sospechosa acerca del analfabetismo en Tanzania, deja de ser él-y-su-circunstancia y sin *razón* alguna, sin preaviso, sin el aura de los epilépticos, sin la crispación que precede a las grandes jaquecas, sin nada que le dé tiempo a apretar los dientes y a respirar hondo, *es un cuento*, una masa informe sin palabras ni caras ni principio ni fin pero ya un cuento, algo que solamente puede ser un cuento y además en seguida, inmediatamente, Tanzania puede irse al demonio porque este hombre meterá una hoja de papel en la máquina y empezará a escribir aunque sus jefes y las Naciones Unidas en pleno le caigan por las orejas, aunque su mujer lo llame porque se está enfriando la sopa, aunque ocurran cosas tremendas en el mundo y haya que escuchar las informaciones radiales o bañarse o telefonear a los amigos. Me acuerdo de una cita curiosa, creo que de Roger Fry; un niño precozmente dotado para el dibujo explicaba su método de composición diciendo: *First I think and then I draw a line round my think* (sic). En el caso de estos cuentos sucede exactamente lo contrario: la línea verbal que los dibujará arranca sin ningún «think» previo, hay como un enorme coágulo, un bloque total que ya es el cuento, eso es clarísimo aunque nada pueda parecer más oscuro, y precisamente ahí reside esa especie de analogía onírica de signo inverso que hay en la composición de tales cuentos, puesto que todos hemos soñado cosas meridianamente claras que, una vez despiertos, eran un coágulo informe, una masa sin sentido. ¿Se sueña despierto al escribir un cuento breve? Los límites del sueño y la vigilia, ya se sabe: basta preguntarle al filósofo chino o a la mariposa. De todas maneras si la analogía es evidente, la relación es de signo inverso por lo menos en mi caso, puesto que arranco del bloque informe y escribo algo que sólo entonces se convierte en un cuento coherente y válido *per se*. La memoria, traumatizada sin duda por una experiencia vertiginosa, guarda en detalle las sensaciones de esos momentos, y me permite racionalizarlos aquí en la medida de lo posible. Hay la masa que es el cuento (¿pero qué cuento? No lo sé y lo sé, todo está visto por algo mío que no es mi conciencia pero que vale más que ella en esa hora fuera del tiempo y la razón), hay la angustia y la ansiedad y la maravilla, porque también las sensaciones y los sentimientos se contradicen en esos momentos, escribir un cuento así es simultáneamente terrible y maravilloso, hay una desesperación exaltante, una exaltación desesperada; es ahora o nunca, y el temor de que pueda ser nunca exacerba el ahora, lo vuelve máquina de escribir corriendo a todo teclado, olvido de la circunstancia, abolición de lo circundante. Y entonces la masa negra se aclara a medida que se avanza, increíblemente las cosas son de una extrema facilidad como si el cuento ya estuviera escrito con una tinta simpática y uno le pasara por encima el pincelito que lo despierta. Escribir un cuento así no da ningún trabajo, absolutamente ninguno; todo ha ocurrido antes y ese antes, que aconteció en un plano donde « la sinfonía se agita en la profundidad », para decirlo con Rimbaud, es el que ha provocado la obsesión, el coágulo abominable que había que arrancarse a tirones de palabras. Y por eso, porque todo está decidido en una región que diurnamente me es ajena, ni siquiera el remate del cuento presenta problemas, sé que puedo escribir sin detenerme, viendo presentarse y sucederse los episodios, y que el desenlace está tan incluido en el coágulo inicial como el punto de partida. Me acuerdo de la mañana en que me cayó encima *Una flor amarilla*: el bloque amorfo era la noción del hombre que encuentra a un niño que se le parece y tiene la deslumbradora intuición de que somos inmortales. Escribí las primeras escenas sin la menor vacilación, pero no sabía lo que iba a ocurrir, ignoraba el desenlace de la historia. Si en ese momento alguien me hubiera interrumpido para decirme: «Al final el protagonista va a envenenar a Luc», me hubiera quedado estupefacto. Al final el protagonista envenena a Luc, pero eso llegó como todo lo anterior, como una madeja que se desovilla a medida que tiramos; la verdad es que en mis cuentos no hay el menor mérito *literario*, el menor esfuerzo. Si algunos se salvan del olvido es porque he sido capaz de recibir y transmitir sin demasiadas pérdidas esas latencias de una psiquis profunda, y el resto es una cierta veteranía para no falsear el misterio, conservarlo lo más cerca posible de su fuente, con su temblor original, su balbuceo arquetípico.

Lo que precede habrá puesto en la pista al lector: no hay diferencia genética entre este tipo de cuentos y la poesía como la entendemos a partir de Baudelaire. Pero si el acto poético me parece una suerte de magia de segundo grado, tentativa de posesión ontológica y no ya física como en la magia propiamente dicha, el cuento no tiene intenciones esenciales, no indaga ni transmite un conocimiento

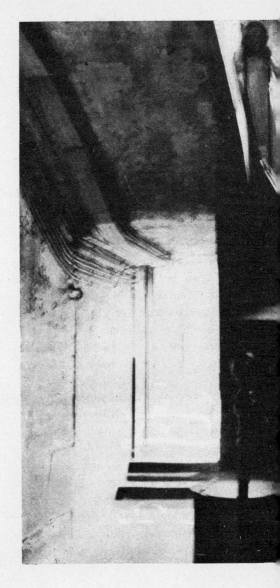

o un «mensaje». El génesis del cuento y del poema es sin embargo el mismo, nace de un repentino extrañamiento, de un *desplazarse* que altera el régimen «normal» de la conciencia; en un tiempo en que las etiquetas y los géneros ceden a una estrepitosa bancarrota, no es inútil insistir en esta afinidad que muchos encontrarán fantasiosa. Mi experiencia me dice que, de alguna manera, un cuento breve como los que he tratado de caracterizar no tiene una *estructura de prosa*. Cada vez que me ha tocado revisar la traducción de uno de mis relatos (o intentar la de otros autores, como alguna vez con Poe) he sentido hasta qué punto la eficacia y el *sentido* del cuento dependían de esos valores que dan su carácter específico al poema y también al jazz: la tensión, el ritmo, la pulsación interna, lo imprevisto dentro de parámetros pre-vistos, esa *libertad fatal* que no admite alteración sin una pérdida irrestañable. Los cuentos de esta especie se incorporan como cicatrices indelebles a todo lector que los merezca: son criaturas vivientes, organismos completos, ciclos cerrados, y respiran. *Ellos* respiran, no el narrador, a semejanza de los poemas perdurables y a diferencia de toda prosa encaminada a transmitir la respiración del narrador, a *comunicarla* a manera de un teléfono de palabras. Y si se pregunta: Pero entonces, ¿no hay comunicación entre el poeta (el cuentista) y el lector?, la respuesta es obvia: La comunicación se opera *desde* el poema o el cuento, no *por medio* de ellos. Y esa comunicación no es la que intenta el prosista, de teléfono a teléfono; el poeta y el narrador urden criaturas autónomas, objetos de conducta imprevisible, y sus consecuencias ocasionales en los lectores no se diferencian esencialmente de las que tienen para el autor, primer sorprendido de su creación, lector azorado de sí mismo.

Breve coda sobre los cuentos fantásticos. Primera observación: lo fantástico como nostalgia. Toda *suspension of disbelief* obra como una tregua en el seco, implacable asedio que el determinismo hace al hombre. En esa tregua, la nostalgia introduce una variante en la afirmación de Ortega: hay hombres que en algún momento cesan de ser ellos y su circunstancia, hay una hora en la que se anhela ser uno mismo y lo inesperado, uno mismo y el momento en que la puerta que antes y después da al zaguán se entorna lentamente para dejarnos ver el prado donde relincha el unicornio.

Segunda observación: lo fantástico exige un desarrollo temporal ordinario. Su irrupción altera instantáneamente el presente, pero la puerta que da al zaguán ha sido y será la misma en el pasado y el futuro. Sólo la alteración momentánea dentro de la regularidad delata lo fantástico, pero es necesario que lo excepcional pase a ser también la regla sin desplazar las estructuras ordinarias entre las cuales se ha insertado. Descubrir en una nube el perfil de Beethoven sería inquietante si durara diez segundos antes de deshilacharse y volverse fragata o paloma; su carácter fantástico sólo se afirmaría en caso de que el perfil de Beethoven siguiera allí mientras el resto de las nubes se conduce con su desintencionado desorden sempiterno. En la mala literatura fantástica, los perfiles sobrenaturales suelen introducirse como cuñas instantáneas y efímeras en la sólida masa de lo consuetudinario; así, una se-

ñora que se ha ganado el odio minucioso del lector, es meritoriamente estrangulada a último minuto gracias a una mano fantasmal que entra por la chimenea y se va por la ventana sin mayores rodeos, aparte de que en esos casos el autor se cree obligado a proveer una «explicación» a base de antepasados vengativos o maleficios malayos. Agrego que la peor literatura de este género es sin embargo la que opta por el procedimiento inverso, es decir el desplazamiento de lo temporal ordinario por una especie de «full-time» de lo fantástico, invadiendo la casi totalidad del escenario con gran despliegue de cotillón sobrenatural, como en el socorrido modelo de la casa encantada donde todo rezuma manifestaciones insólitas, desde que el protagonista hace sonar el aldabón de las primeras frases hasta la

ventana de la bohardilla donde culmina espasmódicamente el relato. En los dos extremos (insuficiente instalación en la circunstancia ordinaria, y rechazo casi total de esta última) se peca por impermeabilidad, se trabaja con materias heterogéneas momentáneamente vinculadas pero en las que no hay ósmosis, articulación convincente. El buen lector siente que nada tienen que hacer allí esa mano estranguladora ni ese caballero que de resultas de una apuesta se instala para pasar la noche en una tétrica morada. Este tipo de cuentos que abruma las antologías del género recuerda la receta de Edward Lear para fabricar un pastel cuyo glorioso nombre he olvidado: Se toma un cerdo, se lo ata a una estaca y se le pega violentamente, mientras por otra parte se prepara con diversos ingredientes una masa cuya cocción sólo se interrumpe para seguir apaleando al cerdo. Si al cabo de tres días no se ha logrado que la masa y el cerdo formen un todo homogéneo, puede considerarse que el pastel es un fracaso, por lo cual se soltará al cerdo y se tirará la masa a la basura. Que es precisamente lo que hacemos con los cuentos donde no hay ósmosis, donde lo fantástico y lo habitual se yuxtaponen sin que nazca el pastel que esperábamos saborear estremecidamente.

El Tesoro de la Juventud

Los niños son por naturaleza desagradecidos, cosa comprensible puesto que no hacen más que imitar a sus amantes padres; así los de ahora vuelven de la escuela, aprietan un botón y se sientan a ver el teledrama del día, sin ocurrírseles pensar un solo instante en esa maravilla tecnológica que representa la televisión. Por eso no será inútil insistir ante los párvulos en la historia del progreso científico, aprovechando la primera ocasión favorable, digamos el paso de un estrepitoso avión a reacción, a fin de mostrar a los jóvenes los admirables resultados del esfuerzo humano.

El ejemplo del « jet » es una de las mejores pruebas. Cualquiera sabe, aún sin haber viajado en ellos, lo que representan los aviones modernos: velocidad, silencio en la cabina, estabilidad, radio de acción.

Pero la ciencia es por antonomasia una
búsqueda sin término, y los «jets» no han
tardado en quedar atrás, superados por
nuevas y más portentosas muestras
del ingenio humano. Con todos sus
adelantos esos aviones tenían numerosas
desventajas, hasta el día en que fueron
sustituidos por los aviones de hélice. Esta
conquista representó un importante progreso,
pues al volar a poca velocidad y altura
el piloto tenía mayores posibilidades
de fijar el rumbo y de efectuar en buenas
condiciones de seguridad las maniobras
de despegue y aterrizaje. No obstante,
los técnicos siguieron trabajando en busca
de nuevos medios de comunicación aún más
aventajados, y así dieron a conocer con
breve intervalo dos descubrimientos
capitales: nos referimos a los barcos
de vapor y al ferrocarril. Por primera vez,
y gracias a ellos, se logró la conquista

extraordinaria de viajar al nivel del suelo,
con el inapreciable margen de seguridad que
ello representaba.

Sigamos paralelamente la evolución de estas
técnicas, comenzando por la navegación
marítima. El peligro de los incendios,
tan frecuente en alta mar, incitó a los
ingenieros a encontrar un sistema más
seguro: así fueron naciendo la navegación
a vela y más tarde (aunque la cronología
no es segura) el remo como el medio
más aventajado para propulsar las naves.

Este progreso era considerable, pero los
naufragios se repetían de tiempo en tiempo
por razones diversas, hasta que los
adelantos técnicos proporcionaron un
método seguro y perfeccionado para
desplazarse en el agua. Nos referimos por
supuesto a la natación, más allá de la cual

no parece haber progreso posible, aunque desde luego la ciencia es pródiga en sorpresas.

Por lo que toca a los ferrocarriles, sus ventajas eran notorias con relación a los aviones, pero a su turno fueron superados por las diligencias, vehículos que no contaminaban el aire con el humo del petróleo o el carbón, y que permitían admirar las bellezas del paisaje y el vigor de los caballos de tiro. La bicicleta, medio de transporte altamente científico, se sitúa históricamente entre la diligencia y el ferrocarril, sin que pueda definirse exactamente el momento de su aparición. Se sabe en cambio, y ello constituye el

último eslabón del progreso, que la incomodidad innegable de las diligencias aguzó el ingenio humano a tal punto que no tardó en inventarse un medio de viaje incomparable, el de andar a pie. Peatones y nadadores constituyen así el coronamiento de la pirámide científica, como cabe comprobar en cualquier playa cuando se ve a los paseantes del malecón que a su vez observan complacidos las evoluciones de los bañistas. Quizá sea por eso que hay tanta gente en las playas, puesto que los progresos de la técnica, aunque ignorados por muchos niños, terminan siendo aclamados por la humanidad entera, sobre todo en la época de las vacaciones pagas.

NOTICIAS DEL MES DE MAYO

Ahora estas noticias
este **collage** de recuerdos.
Igual que lo que cuentan
son obra anónima: la lucha
de un puñado de pájaros contra la Gran Costumbre.
Manos livianas las trazaron
con la tiza que inventa la poesía en la calle,
con el color que asalta los grises anfiteatros.
Aquí prosigue la tarea
de escribir en los muros de la Tierra:

EL SUEÑO ES REALIDAD.

EXAGERAR ES YA UN COMIENZO DE INVENCIÓN
(Inscripción en la Facultad de Letras de París, mayo de 1968)

Como esto durará tan sólo un día,
como esto durará tan sólo un tiempo o dos,
como esto o lo demás se acaba, le guste o no al Estado
o al Individuo (ese pequeño Estado) esto se acaba porque
ya está naciendo el tiempo abierto el tiempo esponja

(Ya está naciendo: hipótesis de trabajo.
Sí, está naciendo con la Revolución. Pero
ésta no ha cesado todavía de nacer; para
ayudarla a existir e inaugurar lo abierto,
la edad porosa, estas noticias y todo mayo
del 68, la juventud contra la Gran Polilla).

y así como esto durará tan sólo un día o dos
para ceder su sitio a nuevos juegos

(STOP THE PRESS: La Gioconda expiró anoche a las 20.25, víctima de una indigestión de contemplaciones prefabricadas. Se prevé una baja en las acciones de American Express, Cook y Exprinter).

(Número de catálogo en la Biblioteca del Congreso... Queda hecho el depósito que marca la ley... Se imprimieron xxx ejemplares en papel japón...)

por eso y otras cosas
si una vez más aquí hay palabras
tinta papel el Libro sacrosanto

es por falta de medios
para escribir entre las nubes
para gritar entre los vientos
oh trigo dispersándose, agua de lluvia en una cara de mujer,
televisión de signos como panes y peces
medios audiovisuales para el amor del hombre.

MIS DESEOS SON LA REALIDAD
(Nanterre)

Es el tiempo de arrase, la batida
contra el falso Museo de la Especie,
aquí están las noticias
Mayo 68 Mayo 68
el poema del día la efímera bengala recurrente
ardiendo en Francia y Alemania
en Río en Buenos Aires en Lima y en Santiago
los estudiantes al asalto
en Praga y en Milán en Zurich y en Marsella
los estudiantes llenos de palomas de pólvora
los estudiantes que alzan con sus manos desnudas
los pavimentos de cemento y estadística
para apedrear la Gran Costumbre
y en la ordenada cibernética
abrir de par en par ventanas como senos.

Hay algo que podría matarnos: la interdicción de hacer entrar la revolución colectiva en el individuo, y al individuo más individual en la revolución.

Alain Jouffroy

Los estudiantes argentinos que ocuparon su Casa en la Cité de París y la llamaron CHE GUEVARA por la misma simple razón que lleva la sed al agua y el hombre a la mujer,
los estudiantes españoles portugueses griegos africanos que ocuparon sus Casas para abrir los pulmones a un aire sin venenos,
los estudiantes argentinos luchando en Buenos Aires, La Plata, Tucumán, los estudiantes brasileños los estudiantes italianos
(qué repentinamente artificial
suena el catálogo de patrias
cuando no hay más que una, la poesía
de ser hombre en la Tierra!)

DESABOTÓNESE EL CEREBRO TANTAS VECES COMO LA BRAGUETA
(Teatro Odéon, París)

SEXO: ESTÁ BIEN, HA DICHO MAO, PERO NO DEMASIADO SEGUIDO
(Facultad de Letras, París)

TENEMOS UNA IZQUIERDA PREHISTÓRICA
(Facultad de Ciencias Políticas, París)

LA ORTOGRAFÍA ES UNA MANDARINA
(Sorbona)

Artículo primero de la Carta de la Convención Nacional de las Universidades Francesas, aprobada el 22 de mayo de 1968:

El movimiento estudiantil no es solamente una respuesta a la represión policial ni una reacción ante las fallas de la formación universitaria o las dificultades para el empleo futuro. El movimiento cuestiona una Universidad que le prohibe penetrar en la indole conflictiva de las relaciones sociales. A partir de este cuestionamiento de la Universidad, el movimiento estudiantil rechaza un tipo determinado de sociedad. Ese movimiento ha alcanzado su verdadera dimensión al unirse a la lucha de los trabajadores contra la sociedad capitalista.

HAY UN MÉTODO EN SU LOCURA
(« Hamlet »)
(Nanterre)

Pequeñito esmirriado voz de grajo Jean-Paul Sartre una noche en la Cité Universitaire:

Si hay que poseer una ideologia revolucionaria para hacer la revolución, en ese caso el partido comunista cubano era el único que podía hacerla en Cuba, y a Fidel Castro le era imposible hacerla. Ahora bien, no sólo el P.C. cubano no hizo la revolución sino que se negó a unirse a la huelga general decidida en su momento por los estudiantes y por los revolucionarios de las ciudades. Lo que hay de admirable en el caso de Castro es que la teoria nació de la experiencia en vez de precederla.

SEAN REALISTAS: PIDAN LO IMPOSIBLE
(Facultad de Letras, París)

No hacemos otra cosa,
lo imposible es el pan en cada boca,
una justicia de ojos lúcidos,
una tierra sin lobos, una cita
con cada fuente al término del día.
Somos realistas, compañero, vamos
de la mano del sueño a la vigilia.

LA REVOLUCIÓN ES INCREÍBLE PORQUE ES VERDADERA
(Facultad de Letras, París)

Entonces, el poema... / **¿Poema?** Oh no, oh no / Fíjese que iba tan bien hasta hace unos años, a pesar de ciertos excesos verbales, y ahora así, de golpe... / Debe ser el oro de Moscú, a menos que sean dólares de la CIA, que también pagó a Cohn-Bendit / Insultar a la poesía, esa cosa tan delicada / Con rima y ritmo / Con metáforas / Con muchísimos sauces / Igual que esos concretos, dígame un poco, que le hacen poemas con figuritas y pedazos de palabras todo pegado / La poesía es como un aire suave de pausados giros y no debe rozar para nada la política / No empleará jamás palabras tales como Fidel o Mao, se mecerá en la metafísica y en la erótica que ya son bastante, porque a veces... / Lo que pasa es que está de moda hacerse el duro y, claro, él aprovecha, niño terrible tira de culo críticos ponderados / No importa, m'hijita, la poesía seguirá poniendo sonetos, es una gayinita cumplidora / Sí pero habría que prohibir, digo bien, PROHIBIR una cosa como ésta, doctor Lastra / Es que no tenemos un gobierno fuerte, señora, se lo digo yo, hasta los Kennedy estaban sobornados por los comunistas, tengo pruebas /

EL ALCOHOL MATA. TOMEN L.S.D.
(Nanterre)

EXAGERAR: ÉSA ES EL ARMA
(Facultad de Letras, París)

**DIOS ES UN ESCÁNDALO,
UN ESCÁNDALO QUE DA RENTAS
(Baudelaire)** (Liceo Condorcet, París)

**AMAOS LOS UNOS
ENCIMA DE LOS OTROS**
(Facultad de Letras, París)

**BASTA DE TOMAR EL ASCENSOR:
TOMA EL PODER**
(107, Avenue de Choisy, París)

Artículo cuarto de la Carta de la Convención Nacional de las Universidades Francesas, mayo del 68:

Los trabajadores manuales y los trabajadores intelectuales denuncian conjuntamente la explotación capitalista. No existe un lugar privilegiado para esta lucha: hay que declararla y organizarla dondequiera que se ejerza la presión en sus múltiples formas.

Así, la brecha abierta en la falsa conciencia puede servir de punto de apoyo (en el sentido que le daba Arquímedes) para la emancipación. Ello ocurrirá en un sector infinitamente pequeño, es evidente, pero de la proliferación de esos sectores, por pequeños que sean, depende la posibilidad de una transformación del mundo.

Marcuse

Justamente lo que nosotros hemos empezado a abrir es esa brecha en la falsa conciencia... Y justamente por eso los críticos « de izquierda » del sistema, la prensa llamada liberal, han tomado abiertamente partido contra nosotros. Comprenden el peligro — que puede ser mortal — que va a correr el sistema capitalista en decadencia si conseguimos despertar, mediante una dialéctica cada vez más eficaz de la clarificación y de la acción, la espontaneidad que los partidos han sofocado en las masas asalariadas.

Rudi Dutschke

Frente al Hongo de Hidrógeno

frente a cualquier frontera
- geográfica
- intelectual
- racial
- política
- moral
- estética

frente a la oh BELLEZA

(y los museos abiertos, por rara coincidencia, en las horas de trabajo de obreros y empleados, con la limosna generosísima del domingo gratis)

frente al oh HUMANISMO

(y dos tercios de la humanidad analfabeta)

DECRETO EL ESTADO DE DICHA PERMANENTE
(Facultad de Ciencias Políticas, París)

LA IMAGINACIÓN TOMA EL PODER
(Facultad de Ciencias Políticas, París)

¡SEAN BREVES Y CRUELES, ANTROPÓFAGOS!
(Nanterre)

Pero no nos dejemos inspirar por la cólera
(ya Homero hizo lo suyo
sin hablar de Céline y Jean Genet).
Seamos fríos y lúcidos: esto, después de todo, es un poema que leerán no pocas personas deseosas de a) enriquecimiento interior, b) placer estético.

En cuanto a b), distinguidos roectores de biblioteca, harto me temo que os pasará como a mi tía cuando la pobre inocente escucha a Stockhausen con venerables orejas rellenas de Schubert y Puccini, con lo cual KATASTROF. Por lo que toca a a) —tres a seguidas es feo, eso no se hace, dice un señor de b)—, nadie se enriquece leyendo si a la vez no es capaz de chupar un durazno aprovechando que tiene una mano libre para llevárselo a la boca, si no hace el amor entre dos páginas, si no se asoma a la ventana para saber que cincuenta niños murieron quemados el último mes en la zona de Saigón y que en Biafra los nigerianos ayudados por el muy noble Reino Unido degollaron a todos los heridos de un hospital; ¿habrá que repetir, profesor Papalino Zeta, que la literatura no es **terreno privilegiado** en el sentido escapista que tanto conviene y adorna? Biafra y el erotismo, los chorros de napalm y los **Juegos Venecianos** de Lutoslavski: la poesía sigue siendo la mejor posibilidad humana de operar un encuentro que nadie describió mejor que Lautréamont y que puede hacer del hombre el laboratorio central de donde alguna vez saldrá lo definitivamente humano, a menos que antes no nos hayamos ido todos al quinto carajo.

¡ABAJO EL REALISMO SOCIALISTA! ¡VIVA EL SURREALISMO!
(Liceo Condorcet, París)

SOY MARXISTA DE LA TENDENCIA GROUCHO
(Nanterre)

LAS RESERVAS IMPUESTAS AL PLACER EXCITAN EL PLACER DE VIVIR SIN RESERVAS
(Nanterre)

A todo esto los muchachos argentinos me habían invitado a beber un vaso de tinto en su Casa de la Cité, y escuchábamos un disco de María Elena Walsh mientras Matta y Seguí empezaban a pintar en la pared a un general con cuatro patas cayéndose de un caballo con solamente tres.

¿Ve? Los pintores de ahora: la misma cosa. Habría que dictar una LEY/ ¿Y si se prohibiera la venta de tubos de colores?/ No se crea, estos desgraciados le pintan con cualquier cosa, hollín, fondo de cerveza, escupidas mezcladas con puchos/ ¿Y los escultores? Domesticar la luz, dígame un poco qué idea. Muy bien hecho eso de expulsar de Francia a Julio Le Parc, así aprenderá. ¡Ah, Rodin, heso hera hel harte!

CACHE-TOI, OBJET
(Sorbona)

CUANTO MÁS HAGO EL AMOR MÁS GANAS TENGO DE HACER LA REVOLUCIÓN.

CUANTO MAS HAGO LA REVOLUCION MÁS GANAS TENGO DE HACER EL AMOR.
(Sorbona)

LA POESÍA ESTÁ EN LA CALLE
(Rue Rotrou)

Escucha, amor, escucha el rumor de la calle,
eso es hoy el poema, eso es hoy el amor.
El ritmo, una vez más, es el solo pasaje:
Rodin, Uccello, Cohn-Bendit, Nanterre,
la voz de Elena Burke y de Catherine Sauvage,
la primer barricada al alba en el Boul'Mich',
el café que se bebe entre dos manifiestos,
a veces la ternura, **Écoute, camarade...**
o el zarpazo, **Dis-donc, ils se foutent de nos gueules!**
y Saint-John Perse y Vargas Llosa y Losey
entre Thelonious Monk y José Antonio Méndez,

el ritmo de la noche en la voz de Marcuse,
el rumor de la calle, Lévi-Strauss, Evtuchenko,
los nombres del amor cambian como los días,
hoy es Jean-Luc Godard y mañana Polanski,
los estudiantes corren al asalto del tiempo
bajo las cachiporras de las bestias de cuero,
y nada puede contra su ritmo de trigales
y nada puede contra tu sonrisa, oh mi amor
que aniquila jugando las bombas lacrimógenas!

LA LIBERTAD AJENA AMPLÍA MI LIBERTAD AL INFINITO (Bakunin)
(Liceo Condorcet, París)

UN PENSAR QUE SE ESTANCA ES UN PENSAR QUE SE PUDRE
(Sorbona)

Lo imposible se hizo día en la Sorbona, un largo mes de día,
se despertó desperezó en la calle en los cafés
y un pueblo que no hablaba más que para callar

On est poli on est discret on est français
On est terriblement intélligent

descubrió la Palabra hizo el amor con ella
en cada esquina bajo cada puente
un árbol de sonrisas nació sobre el cemento
se discutió con rabia pagándote un café
las ideas cuchillo los argumentos piedra.
En París se pidió lo imposible con las manos desnudas
con la palabra se pidió lo imposible, los actos

buscaron destrozar las máscaras del tiempo
la Gran Costumbre el Gran Consumo el Gran

```
        Libertad
       /
Sistema—Fraternidad—MON CUL
       \
        Igualdad
```

HABLEN CON SUS VECINOS
(Facultad de Letras, París)

SÓLO LA VERDAD ES REVOLUCIONARIA
(Nanterre)

FRANCIA PARA LOS FRANCESES, SLOGAN FASCISTA
(Facultad de Ciencias Políticas, París)

Y el que hoy escribe se quedó ese día mirando largo tiempo las inscripciones, releyendo FRANCIA PARA LOS FRANCESES, y eso también era su América,

    Argentina para los argentinos
    Cuba para los cubanos
    México para los mexicanos.

Pensó en Simón Bolívar, pensó en un argentino batallando y muriendo por Cuba y por el mundo de los desposeídos, pensó en cubanos venezolanos guatemaltecos bolivianos colombianos peruanos que se juegan la vida por quienes no siempre lo merecen, pensó en las nacionalidades, vio fronteras aduanas policías ejércitos educación primaria (¡la PATRIA, niños, la PATRIA!) vio razas vio pieles vio cabellos oyó lenguas

Y ese mismo día un periódico que todavía se llama L'HUMANITÉ denunciaba
a Daniel Cohn-Bendit, judío alemán, intruso, extranjero metido en casa ajena

Y hace menos de un año en Bolivia los gorilas frente a Régis Debray, otro extranjero...

Entonces la Palabra en la piel de los jóvenes,
desnuda y nueva, pegada a lo real a lo vivible,
la Palabra estallando en cien mil bocas
en el Odéon, en Charléty, en la rue Soufflot,
en la Sorbona y la Bastilla, el grito más hermoso
que haya gritado Francia en veinte siglos:

NOUS SOMMES TOUS DES JUIFS ALLEMANDS!

Mientras dure la Máscara
todos somos judíos alemanes
mientras los presupuestos alimenten ejércitos
todos somos judíos alemanes
mientras dividan la Ciudad
todos somos judíos alemanes
el Che, Régis Debray, Cohn-Bendit, Rudi Dutschke
judíos alemanes
los estudiantes sublevados de Río y Buenos Aires
de Santiago y de Córdoba y Milán
de París y de Zurich y de Berlín Oeste
y todos los que creemos
en la revolución y el hombre
judíos alemanes.

Hasta que nazca el tiempo de la única cosecha
y judío alemán negro argentino chino francés árabe indio
sean palabras que se usaban
en la Edad Media que acabó a finales
del siglo veinte amén.

ESTAMOS TRANQUILOS: 2 MÁS 2 YA NO SON 4
(Facultad de Letras, París)

LA REVOLUCIÓN NO ES UN ESPECTÁCULO PARA ANGLICISTAS
(Nanterre)

**INVENTEN NUEVAS PERVERSIONES SEXUALES
(¡NO PUEDO MÁS!)**
(Nanterre)

VIVE LA CITÉ UNIE-VERS-CITHÈRE
(Nanterre)

PROHIBIDO PROHIBIR
(Sorbona)

Vous tendez une allumette à votre lampe et ce qui s'allume n'éclaire pas. C'est loin, tres loin de vous, que le cercle illumine.

René Char

Yo vi la edad de oro, la sentí brotar en la ciudad como un tigre de espigas, la edad de oro no era en absoluto de oro, ni siquiera una edad: relámpago entre dos nubes de petróleo, caricia de unos pocos días, entre pasado y futuro, yo vi la edad de oro, se llamaba París en mayo, no era la edad de oro pero ardía y brillaba, en cada esquina se buscaban las manos, se abrían las sonrisas, se discutían los quehaceres, se mataban dragones escolásticos, se dibujaba una silueta humana, algo nacía hacia el encuentro, algo cantaba desde nuevas gargantas para nuevas memorias.

Hay que abandonar la teoría dirigente » para adoptar la teoría más simple y honrada de la minoría actuante que desempeña el papel de un fermento permanente, que impulsa a la acción sin pretender dirigirla.

Daniel Cohn-Bendit

HAY QUE EXPLORAR SISTEMÁTICAMENTE EL AZAR
(Facultad de Letras, París)

Lo único inmutable en el hombre es su vocación para lo mudable; por eso la revolución será permanente, contradictoria, imprevisible, o no será. Las revoluciones-coágulo, las revoluciones prefabricadas, contienen en sí su propia negación, el Aparato futuro.

LA INTELIGENCIA CAMINA MÁS QUE EL CORAZÓN PERO NO VA TAN LEJOS. (PROVERBIO CHINO).
(Sorbona)

EL DERECHO DE VIVIR NO SE MENDIGA, SE TOMA
(Nanterre)

Entonces cachiporras y gases lacrimógenos calabozo expulsiones: Ya aprenderán hijos de puta. ¿Qué importa, camaradas? Nada es seguro, y eso es lo seguro. Porque los monolitos

durarán mucho menos que esta lluvia de imágenes
esta poesía en plena calle triturando el cemento
de la Ciudad Estable.

> *Et qu'opposer sinon nos songes*
> *Au pas triomphant du mensonge*
> **Aragon**

Sí, nuestros sueños
una vez más los sueños golpeando como ramas de tormenta
en las ventanas ciegas
una vez más los sueños
la certidumbre de que Mayo
puso en el vientre de la noche
un semen de canción de antorcha la llamada
tierna y salvaje del amor que mira hacia lo lejos
para inventar el alba el horizonte.

DURMIENDO SE TRABAJA MEJOR: FORMEN COMITÉS DE SUEÑOS
(Sorbona)

Noticias de los Funes

Cada tanto vienen y me dicen pero entonces usted y el incesto [o usted y el laberinto ((o usted y la noción del doble (((o usted y los tranvías como zonas de pasaje ((((o usted y las galerías cubiertas como ídem (((((o usted y la influencia de Raymond Roussel)))))), pero ahora es peor porque un tal Julián Garavito de la revista **Europe** viene y escribe pero entonces usted y el hilo secreto que va uniendo sus cuentos: yo hatónito, porque mis cuentos me han ido cayendo por la cabeza como cocos cada tanto tiempo y al final se fueron juntando en tres o cuatro canastos donde parecen estar muy bien salvo que ahora según Garavito hay nada menos que un hilo que los ata secretamente y eso me perturba, che, porque los cocos siempre me parecieron frutos sumamente independientes que crecen solos en las palmeras y se tiran cuando les da la gana.

La crítica es como Periquita y hace lo que puede, pero eso de que ahora se dedique a la costura conmigo prueba lo que va de cualquier realidad a cualquier interpretación. Garavito reseñó una serie de cuentos míos publicados por Gallimard bajo el título de **Gites**, y aunque empezó protestando con mucha razón por la mescolanza de relatos correspondientes a distintos libros y distintas épocas, de golpe encontró el hilo entre los cocos, que él llama la constante, y eso naturalmente le produjo una considerable alegría porque la coherencia es algo que siempre alegra vaya a saber por qué. Y

entonces Funes, y yo hatónito como lo
hindiqué hantes, porque viene y dice estos
editores franceses son la muerte, le han
mezclado todos los cuentos y claro el hilo
se rompe; la prueba es que usted en el
cuento **Bestiario** escrito en 1948 presentó
a Luis Funes vivo, y muchos años después,
en **Sobremesa**, nos narró su suicidio,
mientras que ahora en este canasto revuelto
de la edición francesa resulta que Funes
se suicida por la mitad del tomo y reaparece
de lo más saludable en el último cuento.

A mí me resulta vertiginoso que vengan y
me digan usted usó el mismo personaje en
dos cuentos para mostrar la constante,
porque aunque no es verdad en absoluto
queda en pie que el nombre Luis Funes
aparece en dos cuentos míos y ahora vengo
a enterarme gracias a un crítico francés que
naturalmente anda a la búsqueda de
constantes. Digo vertiginoso porque si me
pongo a pensar en el lejanísimo **Bestiario**
me acuerdo que había « los Funes » y que
uno de ellos se llamaba Luis, pero jamás
al escribir el cuento o a lo largo de los
años se me ocurrió juntar nombre y apellido
al evocar el personaje; para mí era
simplemente Luis, como el Nene era
simplemente el Nene y Rema era Rema.
Hacía falta la reseña de Garavito para que
yo descubriera que como Luis formaba parte
de la familia Funes, se llamaba Luis Funes,
y que muchísimo después, en París, se me
ocurriría el mismo nombre para uno de los
personajes de **Sobremesa**; sin contar que
además el tal Luis Funes estaba vivo en el
primer cuento y muerto en el segundo,

favoreciendo la hipótesis de que se trataba de la misma persona.

Cosas así dejan entre perplejo y esperanzado; a lo mejor es cierto, a lo mejor el personaje que se suicidó en **Sobremesa** era el mismo que sufría por la maldad de su hermano en **Bestiario**; si no fuera así, ¿por qué entre tantos nombres posibles volvió quince años después el mismo nombre? Quizá Luis Funes no se suicidó porque su amigo Robirosa había descubierto que era un espía, sino que el recuerdo de un tigre y un hermano deshecho a zarpazos pudo más que la improbable felicidad de Rema. Es bueno escribir todo esto irónicamente, pero detrás está lo otro, las figuras pavorosas que tejen en la sombra las grandes Madres. Ya sin ironía alguna le doy las gracias a Julián Garavito, tejedor del lado de la luz.

Turismo aconsejable

they eat feces
*   in the dark*
*   on stone floors.*
one legged animals, hopping cows
*   limping dogs   blind cats*

crunching garbage in the market
*   broken fingers*
*   cabbage*
*   head on the ground.*
who has young face.
*   open pit eyes*
between the bullock carts and people
*   head pivot with the footsteps passing by*
dark scrotum spilld on the street
*   penis laid by his thigh*
*   torso*
turns with the sun

I came to buy
*   a few bananas by the ganges*
*   while waiting for my wife.*

                  GARY SNYDER, *The Market.*

La niña está sentada en las losas de la plaza, jugando con otros niños que se pasan de mano en mano un trocito de cuerda, un fósforo quemado, sumando o restando misteriosos trueques. Está desnuda, tiene unos aros de oro y un adorno que pone una chispa roja en las aletas de la nariz; su sexo diminuto es como una luna naciente entre las piernas morenas. El niño acuclillado a su derecha está también desnudo, y sus nalgas puntiagudas rozan las losas mugrientas cuando se agita para celebrar algún lance del juego. Los otros son mayores, entre ocho y diez años, sus cuerpos se dibujan esqueléticos asomando entre harapos que han conocido ya tantos cuerpos. La niña se concentra en el juego, recibe y da un palito, dice una frase que los otros salmodian entre risas, el juego continúa; un tranvía pasa con un fragor de hierros viejos que hace temblar el aire y el suelo, y los niños no lo miran siquiera; las vías están apenas a medio metro de sus piernas, el tranvía corre entre ellos y otros grupos de niños y de adultos acostados o sentados en las losas de la plaza. Nadie presta la menor atención cuando cada dos o tres minutos cruzan los tranvías entre campanillazos y gritos del enjambre de pasajeros que buscan abrirse paso en las plataformas atestadas. La niña desnuda mira al niño acuclillado a su derecha, le alcanza un trocito de tela, dice la frase que hay que decir; el niño pasa la tela al siguiente, y en el grupo vecino una vieja ya sin edad ni sexo revuelve en una escudilla montada en un pequeño trípode sobre un fuego de basuras, hunde la mano para sacar un poco de pasta blanquecida y la amasa entre los dedos, la alcanza al viejo tendido de lado sobre las losas, con los pies casi rozando las vías, y lo mira sin hablar mientras el viejo revuelve la pasta en la boca sin dientes, la ablanda con las encías antes de tragarla; entonces la vieja se vuelve hacia la muchacha que amamanta a su bebé y le alcanza otra bola de pasta antes de amasar una última para ella; después, con un palito, limpia pacientemente la escudilla y la pone junto al trípode, echa un poco de ceniza sobre el fuego para conservarlo. Los dos hombres acuclillados cerrando el círculo hablan entre ellos, se muestran papeles; uno señala hacia el edificio de la estación ferroviaria, en el extremo de la gran plaza, y el otro asiente, escupe en el suelo una espléndida mancha repugnante de betel, al lado del pie de la vieja. Dentro del círculo dos niños desnudos corretean, tropiezan, se enredan en las piernas del viejo o los brazos de los hombres que los contienen, sonriendo, diciéndoles alguna cosa sin impacientarse, cuidándolos para que no salgan del círculo y entren en la región de las vías. Hay treinta y cinco grados centígrados a la sombra, pero no hay sombra en la plaza.

Es muy interesante, usted llega a Calcuta en avión porque ya a nadie se le ocurre llegar en tren con ese calor y esas de-

moras, usted se aloja en un gran hotel del centro, los únicos preparados para recibir a un europeo o a un indio adinerado, ve resbalar sus maletas por los eslabones de una interminable cadena humana que arranca de la portezuela del taxi y termina al borde de su cama, las manos que se van pasando las maletas y siguen extendidas por debajo de una gran sonrisa ansiosa, una cadena de propinas que usted distribuye con fastidio, deseoso de quedarse solo y tomar una ducha y beber un vaso de algo helado; usted llega a Calcuta en avión y descansa un rato en el hotel antes de salir a conocer la ciudad, y en algún momento mira la guía de Murray y entre cuatro o cinco cosas decide ir a conocer la estación del ferrocarril, la Howrah Station, y lo decide aunque haya llegado a Calcuta en avión y los ferrocarriles no le interesen para nada en ese país donde hace tanto calor y los horarios se cumplen cuando pueden.

Usted ha decidido visitar la Howrah Station no solamente porque las guías afirman que el ambiente es pintoresco, sino porque algún amigo de Delhi o de Bombay le ha dicho que si quiere conocer la India tiene que asomarse un rato a la Howrah Station, entonces usted se pone la ropa más liviana posible, espera a que sean las diez de la mañana o las siete de la tarde, y se hace llevar en taxi a pesar de la evidente sorpresa del chófer que no comprende cómo un europeo puede salir de un hotel para ir a la Howrah Station sin llevar sus valijas y por lo tanto dejar mucho más dinero en sus manos y en las muchas otras manos que esperarán a partir de la portezuela del taxi y seguirán hasta el asiento numerado del tren de Benarés o de Madrás. Usted le explica al chófer que simplemente quiere ir a la Howrah Station para conocerla, y el chófer sonríe y encuentra que está muy bien puesto que no va a ganar nada tratando de comprender una cosa tan absurda. Entonces es la *city*, el tráfico en el que las leyes parecen desmentir todo lo que usted sabía o esperaba en materia de tráfico, el sol que a cualquier hora cae a plomo, la transpiración pegajosa que le resbala por las axilas y la frente y los muslos mientras el chófer no tiene la menor huella de humedad en su cara de fina barba negra, una carrera que parece no terminar jamás aunque su reloj pulsera hable de minutos, como si la saturación humana en las calles, el tráfico de carricoches y tranvías y camiones, los mercados desbordando desde vagos recintos sombríos hasta las aceras hormigueantes y la misma calzada donde todo se mezcla entre gritos, protestas y carcajadas, se fueran tendiendo

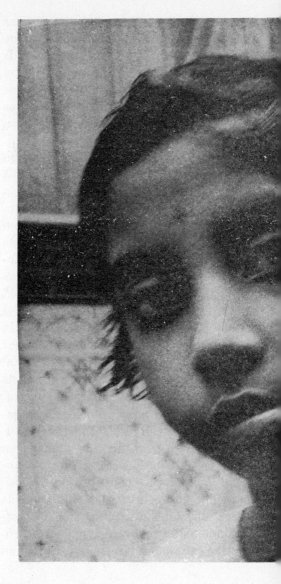

a lo largo de un tiempo diferente del suyo, una interminable suspensión fascinadora y exasperante, hasta que en algún momento es la zona del río, los olores de depósitos y fábricas, una curva en una avenida y de golpe, asomando como un monstruo antediluviano por sobre el diluvio de tejados, muestras, tenderetes, postes telegráficos, por encima de ese aprovechamiento maníaco de cada rincón del espacio disponible, se ve surgir el puente de Howrah con su gigantesca fealdad de hierros y cables carcomidos, el enorme costillar de un monstruo caído sobre el río, y el chófer se vuelve para indicar que al otro lado está la estación, que no hay más que atravesar el puente para llegar a la estación, y si el *sa'hb* quisiera después ir a los templos o al jardín botánico, todo el día en el taxi excelente paseo barato, en su taxi todo el día si el *sa'hb* quisiera. Abajo ya es el agua, si es agua esa brea parduzca de donde brota una niebla de calor y putrefacción y el humo de las chalanas, la entrada al puente es un asalto a toda velocidad entre travías y camiones que se precipitan con la misma furia para llegar antes que los otros a la zona donde el puente se estrecha y hay que seguir lentamente en fila, sintiendo junto a la ventanilla el peso de los ojos de los que avanzan a pie, la serpiente multicolor entre el pretil y la calzada, los hombres que se precipitan a la menor detención del tráfico para pedir limosna golpeando la ventanilla que usted ha subido prudentemente, ofreciéndole frutos o calabazas como si un europeo vestido de blanco pudiera comprar una cosa así en mitad de un puente, proponiendo tráficos en una lengua tras de la cual, mezclada con aluviones de palabras incomprensibles, surgen las voces inevitables, *rupee, me very poor, please sa'hb, bakshish please, rupee sa'hb*, y el chófer arranca otra vez sin el menor aviso, una mano de niño se engancha un segundo en la portezuela, un cuerpo es rechazado con violencia, atrás se oyen risas y quizá insultos, el puente avanza como si el dinosaurio estuviera deglutiendo una masa pegajosa en la que su taxi, los camiones y los tranvías son el elemento sólido flotando entre la marea de hombres y mujeres y niños que llenan el puente a ambos lados y cruzan entre los vehículos en un zigzag interminable, hasta que la digestión termina alguna vez, el ano del monstruo lo expulsa en una avenida repleta de todos los detritos del puente y eso es la plaza de la Howrah Station, usted ha llegado al término del viaje, *sa'hb*.

La niña desnuda, cualquiera de las incontables niñas desnudas de la plaza o de

las galerías de la estación, se ha acercado a su madre que se afana atando o desatando un hato de ropas y de trapos, y ha tomado en sus brazos al hermanito menor que llora de espaldas contra el suelo. Llevándolo penosamente, ayudándose con la cintura en la que calzan las piernitas del niño desnudo, se acerca a pedir limosna a un grupo que baja del tranvía, pero para acercarse tiene que abrirse paso en el interminable laberinto de las familias arracimadas en el suelo, los fuegos de las ollas del arroz, los pedazos de esteras mugrientas que señalan una posesión, un territorio, y donde se amontonan cacerolas, peines, pedazos de espejos, latas con clavos o alambres, a veces bruscamente una flor encontrada en la calle y puesta allí porque es hermosa o sagrada o simplemente una flor. Usted ha bajado del taxi antes de llegar a la entrada de la estación y se ha librado del chófer que se obstinaba en esperarlo, en seguirlo, en explicarle cualquier cosa; ahora va a cruzar la plaza observando a la gente, las costumbres locales de Calcuta, hasta llegar a la estación y visitarla por dentro. Esa mujer de pelo blanco y rostro hundido, que duerme de espaldas junto a un poste de alumbrado, a dos metros escasos de las vías, parece muerta; desde luego no lo está, aunque debe dormir profundamente porque las moscas le andan en la cara y hasta se diría que le entran en los ojos entornados. Los niños que juegan en torno, arrojándose cáscaras de mango o de papaya, trozos de materia podrida que atajan con las manos o el cuerpo entre risas y carreras, no parecen inquietos por la vieja, de manera que no hay razón para detenerse más de la cuenta, y además la mera intención de observar alguna cosa despierta instantáneamente la atención de los que andan cerca o están sentados o tirados en las losas de la plaza, y ya no hay manera de evitar el cerco, los dedos que se prenden de los pantalones, dedos de niños que alcanzan apenas a las rodillas, que sujetan el pantalón tímidamente mientras repiten su *bakshish sa'hb, bakhish sa'hb* en tanto que otros niños se golpean el estómago con una mano o la tienden suplicante como una diminuta escudilla vacía. Usted no ha desviado a tiempo los ojos de ese cuerpo tendido boca arriba, no ha seguido caminando como si no viera nada, única manera de que los otros lo vean un poco menos; a usted le ha parecido extraño que una mujer pueda dormir con los ojos entornados mientras el sol y las moscas le andan en plena cara, y se ha detenido un instante para cerciorarse de que solamente está dur-

miendo; entonces le han sujetado el borde de los pantalones, una mujer harapienta le muestra su bebé desnudo con la boca cubierta de pústulas, un vendedor con una cesta de baratijas le explica volublemente las ventajas de la mercancía, un chico de unos diez años roza una y otra vez la correa de su Contaflex y usted le retira la mano con un gesto que quiere ser amable, busca monedas en los bolsillos, las da a los más pequeños para que le suelten los pantalones, consigue zafarse del cerco y meterse más adentro de la plaza; tal vez sólo en ese momento se da plena cuenta de que esos miles de familias, que esa multitud andando o en el suelo, no está en la plaza como usted y cualquier otro pueden estar en una plaza de su país, sino que viven en la plaza, son la población de la plaza, viven y duermen y comen y se enferman y se mueren en la plaza, bajo ese cielo indiferente sin una nube, bajo ese tiempo donde no hay futuro porque allí no cabe la esperanza. Usted ha entrado en el infierno por nada más que cinco rupias, ahora sospecha que esa mujer estaba muerta y que los niños que jugaban tirándose los pedazos de mango sabían que esa mujer estaba muerta, y que más tarde vendrá un camión de la municipalidad a llevársela cuando alguien se moleste en avisarle al policía que dirige el tráfico en la entrada de la plaza. La guía de Murray tiene mucha razón: el espectáculo es pintoresco.

La madre que amamantaba al más pequeño de sus cinco hijos ha empezado a cortar en trocitos la legumbre que encontró su marido entre dos vagones del puerto. La niña desnuda regresa con su hermanito en brazos y lo pone en el suelo junto a la madre; está cansada, quisiera comer y dormir, no trae monedas, sabe que su madre no le dirá nada porque sólo de cuando en cuando se consigue una limosna, y pronto la distraen los juegos de sus hermanos, lo que pasa en los otros círculos, en torno a las otras ollas y a los otros fuegos. Los círculos de las familias sólo se quiebran parcialmente cuando alguien se marcha para traficar o mendigar o cumplir quizá algún trabajo asalariado, pero los otros se quedan, siempre hay alguien que cuida el lugar de la plaza donde vive la familia porque si lo abandonaran apenas un minuto lo perderían para siempre, otro círculo se desdoblaría, una pareja joven con sus hijos se apartaría de los padres para ganar ese nuevo territorio e instalar presurosamente su hato de ropas, los cacharros. Y así los menos privilegiados tienen que conformarse con vivir al lado de las vías por donde pasa la muerte cada tres minutos, o en el perímetro de la plaza donde corre el tráfico que va y viene del puente, al borde de la calzada llena de camiones y de carros. Usted ha tratado de calcular el número de personas que viven sentadas o tendidas en la plaza de Howrah, pero es difícil con ese calor que le nubla los ojos y esos niños que siguen llegando de todas partes para pedirle limosna; y luego que hablar de personas que *viven*... Es mejor sortear los grupos más densos, sonriendo vagamente a algún niño panzón que alza sus enormes ojos negros en busca de la limosna, y llegar por fin a una de las entradas de la Howrah Station huyendo del sol para perderse en el vasto vestíbulo sombrío; sólo cuando su zapato está a punto de aplastar una mano de mujer se dará cuenta de que nada ha cambiado, que el vestíbulo continúa el mundo de la plaza y que el suelo está ocupado por una muchedumbre silenciosa o vociferante pero aún más densa que la de fuera, con incontables hombres y mujeres llevando valijas o bultos de ropas, circulando entre las gentes sentadas o tendidas sin que jamás pueda saberse quiénes son los viajeros que esperan los trenes y quiénes, en ese otro círculo privilegiado del infierno, protegido del sol de la plaza, ven llegar y partir los vagones con una vaga, borrosa indiferen-

cia. Quizá en ese momento usted recuerde los folletos de propaganda turística que le han dado a leer en el Boeing de *Air India*, sin hablar de la guía de Murray; o tal vez la sesión del parlamento de Delhi a la que asistió especialmente invitado para escuchar un discurso de la señora Indira Gandhi. Es posible que allí mismo, con su zapato al borde de una mano de mujer tendida de lado, comiendo unas semillas en el fondo de una hoja muy verde, se dé cuenta de que sólo la locura vuelta acción y más tarde sistema (porque las revoluciones son una locura impensable para los folletos de *Air India*, la guía de Murray y la señora Indira Gandhi) podría acabar con eso que está sucediendo a sus pies donde ahora un perro acaba de vomitar una masa negra, una especie de sapo mal masticado, junto a la cara de un niño que estira la mano y la hunde en el vómito un segundo antes de que usted tenga tiempo de dar media vuelta y huir hacia una salida; eso que está sucediendo delante de usted pero que no es nada, en realidad absolutamente nada puesto que usted ya ha vuelto la cara y se marcha, es algo que tal vez alcanzará a olvidar esa misma noche mientras se quita el sudor en la maravillosa ducha del hotel, pero que aquí sigue, aquí viene ocurriendo noche y día

desde que la Howrah Station abrió sus puertas, y en cualquier otra parte de la ciudad y del país mucho antes de que los ingleses levantaran la Howrah Station, y el infierno del que usted está huyendo cómodamente puesto que el chófer después de todo lo esperó afuera, lo espió desde lejos y ya le abre la portezuela riendo alegremente, demostrándole su fidelidad y su eficacia, es un infierno donde los condenados no han pecado ni saben siquiera que están en el infierno, están ahí renovándose desde siempre, viendo irse a unos pocos capaces de franquear las vallas de las castas y las distancias y la explotación y las enfermedades, cerrando el círculo familiar para que los más pequeños no se alejen demasiado y no se los traigan aplastados por un camión o violados por un borracho, el infierno es ese lugar donde las vociferaciones y los juegos y los llantos suceden como si no sucedieran, no es algo que se cumpla en el tiempo, es una recurrencia infinita, la Howrah Station en Calcuta cualquier día de cualquier mes de cualquier año en que usted tenga ganas de ir a verla, es ahora mientras usted lee esto, ahora y aquí, esto que ocurre y que usted, es decir yo, hemos visto. Algo verdaderamente pintoresco, inolvidable. Vale la pena, le digo.

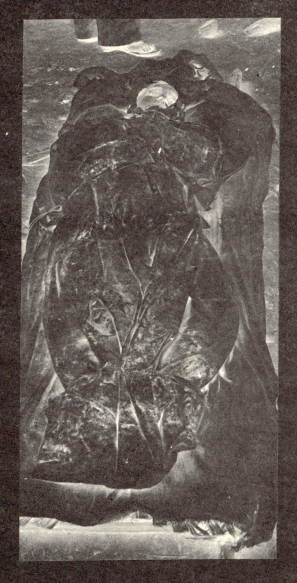

THE UNITED STATES OF AMERICA

FEDERAL RESERVE NOTE

L 16625438 F
WASHINGTON, D.C.
12
H 903
12

SERIES 1963 A
Henry H. Fowler
Secretary of the Treasury

THIS NOTE IS LEGAL TENDER
FOR ALL DEBTS, PUBLIC AND PRIVATE

Kathryn O'Hay Granahan
Treasurer of the United States

ONE DOLLAR

L 16625438 F
H. 12
12

El marfil de la torre

En el año 1959, los Estados Unidos obtuvieron en América Latina 775 millones de dólares de beneficios por concepto de inversiones privadas, de los cuales reinvirtieron 200 y guardaron 575.

> (De un acta oficial de la UNCTAD, Conferencia de Nueva Delhi, 1968)

SIN EMBARGO
el escritor latinoamericano
debe escribir tan sólo

lo que su vocación le dicte

sin entrar en cuestiones
que son de la exclusiva competencia
de los economistas.

Casi nadie va a sacarlo de sus casillas

El caballo relincha, el perro ladra,
la suma de los ángulos de un triángulo
es igual a dos rectos,
la sopa, la conciencia, el alcaucil, después
del dos el tres, después del hoy, mañana,
casi nadie lo sacará de sus casillas.
Casi nadie ni nada, porque
¿cómo tomar en serio esos latidos
en que el sueño es acceso, esas miradas
de insoportable lucidez en un tranvía,
eso que ahora dice: Huye,
pero al final, al fin y al cabo, no era más
que un gajo de naranja
reventando en la boca?
¿Cómo tomar en serio que una puerta
dé a la tristeza cuando el arquitecto
la abre al pasillo, que unos senos
dibujen paralelos sus jardines
cuando es la hora de ir a la oficina?
Imposible negar las evidencias
dice el doctor y dice bien, inútil
sacar de sus casillas al honesto almanaque
San Rulfo, Santa Tecla, San Fermín,
la Asunción,
el caballo relincha, el perro ladra,

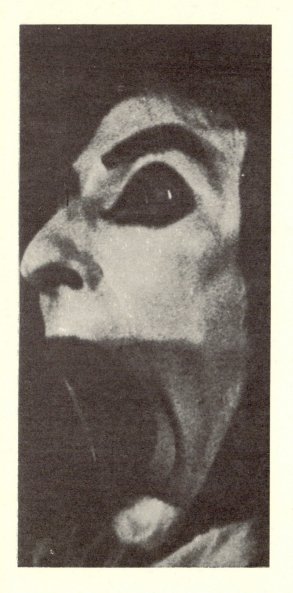

*casi nadie le ofrece en una esquina
un pedacito suelto de bicicleta o trompo,
casi nunca es verano en pleno invierno
por razones de estricta pulimentada lógica,
hay que ser lo que se es o no ser nada, y nada
lo sacará de sus casillas, nadie
lo sacará, y si un caballo ladra
no lo sabremos nunca, porque
los caballos no ladran.
Bastaría un apenas, un no quiero,
para empezar de otra manera el día,
hervir la radio con las papas
y a cada chico darle un cocodrilo
para que huela a miedo en las escuelas,
sacar los muertos a que tomen aire,
meter las mitras en la mayonesa,
actividades subversivas, claro,
pero otras cosas hay: fusiles
corren por las picadas, Sudamérica
crece en su selva hacia la aurora,
de tanto arroz bañado en sangre
nacerá otra manera de ser hombre.
No cito más que apenas estas cosas,
saco de sus casillas a unos cuantos
que todavía creen en la poesía
encasillada en su vocabulario
lleno de compromisos con lo abstracto.
(La suma de los ángulos de un triángulo).
((Los caballos no ladran)).
(((Dice el doctor, y dice bien))).*

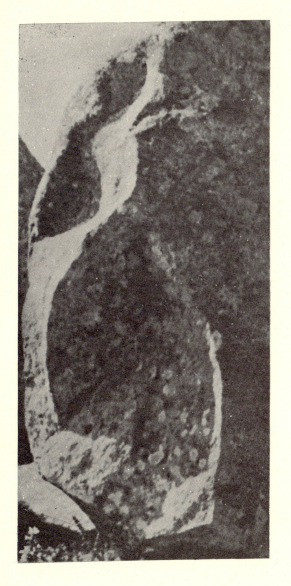

Sobremesa

Cómo te va, Robert Desnos,
cómo te va, Javier Héraud.
Rara baraja de memoria
los dos tan juntos esta noche,
los dos tan lejos en la vida,
Robert Desnos, Javier Héraud,
en esta mesa a medianoche
mirándose desde mis ojos,
fumando el mismo cigarrillo
que compartimos como el trago
y este silencio de París,
un cuarto piso donde estamos
tan solos en la medianoche,
arriba hay gente y la TV,
abajo hay la TV y hay gente,
el mundo de hoy, no el de mañana,
Javier Héraud, Robert Desnos,
la mesa llena de papeles,
los restos de la cena fría,
un disco de Edith Piaf, la mugre
del hombre solo en casa sola,
el libro abierto en cualquier página.

(« Diciembre 17. Moro e Inti cazaron una pava. Nosotros, Tuma, Rolando y yo, nos dedicamos a hacer la cueva secundaria que puede quedar lista mañana...'»)

Llueve en París, llueve en Camiri,
cómo te va, Régis Debray,
llueve en La Habana, llueve en Praga,
Elizabeth, el día llega
cantando por los cañadones,
llega con Tania y Michèle Firk,
iremos juntos a los bailes
de las esquinas liberadas,
juntos de nuevo, juntos todos
los que esta noche están tan lejos
fumando el mismo cigarrillo
del hombre solo en casa sola,
y si tenemos suerte puede
que también venga ése que mira
siempre a lo lejos mientras nace
el alba en la profunda selva.

(« Junio 26. Al caer pidió que se me entregara el reloj, y como no lo hicieron para atenderlo, se lo quitó y se lo dio a Arturo. Ese gesto revela la voluntad de que fuera entregado al hijo que no conoció, como había hecho yo con los relojes de los compañeros muertos anteriormente. Lo llevaré toda la guerra. »)

Álbum con fotos

(edición 1967, d. C.)

La verdadera cara de los ángeles
es que hay napalm y hay niebla y hay tortura.
La cara verdadera
es el zapato entre la mierda, el lunes de mañana, el diario.
La verdadera cara
cuelga de perchas y liquidación de saldos, de los ángeles
la cara verdadera

es un álbum que cuesta treinta francos
y está lleno de caras (las verdaderas caras de los ángeles):
la cara de un negrito hambriento,
la cara de un cholito mendigando,
un vietnamita, un argentino, un español, la cara
verde del hambre verdadera de los ángeles,
por tres mil francos la emoción en casa,
la cara verdadera de los ángeles,
la cara verdadera de los hombres,
la verdadera cara de los ángeles.

Poema 1968

En un jardín de Nueva Delhi
las flores y las hojas ordenan el espacio
en un liviano acuario de colmenas
donde tiembla el color.

Vienen las siete hermanas a comer las migajas
entre ardillas sedosas y franjas de perfumes,
aquí donde vivir tiene algo de armisticio o interregno,
un arte de palabras para llegar a la extinción de la palabra
y saber que no hay arte sino sueño.

*Me inclino para echar otra migaja a los gorriones
(hablábamos del tiempo, de presagios y espejos)
y viene ya el café, la pipa de la sobremesa.
Perfecto es el instante en esta sombra verde
y todo, en lo más hondo, huele a muerte.*

Pienso en Régis Debray.

País llamado Alechinsky

Él no sabe que nos gusta errar por sus
pinturas, que desde hace mucho nos
aventuramos en sus dibujos y sus grabados,
examinando cada recodo y cada laberinto
con una atención sigilosa, con un
interminable palpar de antenas. Tal vez sea
tiempo de explicar por qué renunciamos
durante largas horas, a veces toda una
noche, a nuestra fatalidad de hormiguero
hambriento, a las inacabables hileras yendo
y viniendo con trocitos de hierba, fragmentos
de pan, insectos muertos, por qué desde
hace mucho esperamos ansiosas que la
sombra caiga sobre los museos, las
galerías y los talleres (el suyo, en Bougival,
donde tenemos la capital de nuestro reino)
para abandonar las tareas del hastío y

ascender hacia los recintos donde nos
esperan los juegos, entrar en los lisos
palacios rectangulares que se abren a las
fiestas.

Hace años, en uno de esos países que los
hombres nombran y arman para nuestro
internacional regocijo, una de nosotras se
trepó por error a un zapato; el zapato echó
a andar y entró en una casa: así descubrimos
nuestro tesoro, las paredes cubiertas de
ciudades maravillosas, los paisajes
privilegiados, la vegetación y las criaturas
que no se repiten nunca. En nuestros anales
más secretos consta la relación del primer
hallazgo: la exploradora tardó una noche
entera en encontrar la salida de una pequeña
pintura en la que los senderos se
enmarañaban y contradecían como en un
acto de amor interminable, una melodía

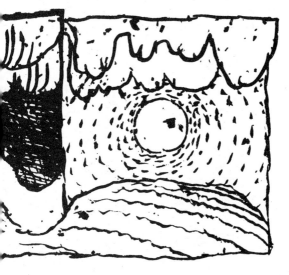

recurrente que plegaba y desplegaba el
humo de un cigarrillo pasando a los dedos
de una mano para abrirse en una cabellera
que entraba llena de trenes a la estación
de una boca abierta contra el horizonte de
babosas y cáscaras de naranjas. Su relato
nos conmovió, nos cambió, hizo de nosotras
un pueblo vehemente de libertad. Decidimos
reducir para siempre nuestro horario de
trabajo (hubo que matar a algunos jefes)
y dar a conocer a nuestras hermanas allí
donde estuvieran — que es en todas
partes — las claves para acceder a nuestro
joven paraíso. Emisarias provistas de
minúsculas reproducciones de grabados y
dibujos emprendieron largos viajes para
llevar la buena nueva; exploradoras
obstinadas ubicaron poco a poco los museos
y las mansiones que guardaban los
territorios de tela y de papel que amábamos.
Ahora sabemos que los hombres poseen
catálogos de esos territorios, pero el nuestro

es un atlas de páginas dispersas que al
mismo tiempo describen y son nuestro
mundo elegido; y de eso hablamos aquí, de
portulanos vertiginosos y de brújulas de
tinta, de citas con el color en las
encrucijadas de la línea, de encuentros
pavorosos y alegrísimos, de juegos
infinitos.

Si al comienzo, demasiado habituadas a
nuestro triste vivir en dos dimensiones, nos
quedábamos en la superficie y nos bastaba
la delicia de perdernos y encontrarnos y
reconocernos al término de las formas y los
caminos, pronto aprendimos a ahondar en
las apariencias, a meternos por debajo de
un verde para descubrir un azul o un
monaguillo, una cruz de pimienta o un
carnaval de pueblo; las zonas de sombra,
por ejemplo, los lagos chinos que evitábamos
al principio porque nos llenaban de
medrosas dudas, se volvieron espeleologías

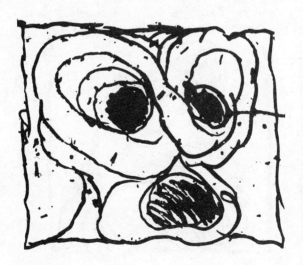

en las que todo temor de caernos cedía
al placer de pasar de una penumbra a otra,
de entrar en la lujosa guerra del negro
contra el blanco, y las que llegábamos hasta
lo más hondo descubríamos el secreto:
sólo por debajo, por dentro, se descifraban
las superficies. Comprendimos que la mano
que había trazado esas figuras y esos
rumbos con los que teníamos alianza, era
también una mano que ascendía desde
adentro al aire engañoso del papel; su tiempo
real se situaba al otro lado del espacio de
fuera que prismaba la luz de los óleos o
llenaba de carámbanos de sepia los grabados.
Entrar en nuestras ciudadelas nocturnas dejó
de ser la visita en grupo que un guía
comenta y estropea; ahora eran nuestras,
ahora vivíamos en ellas, nos amábamos en
sus aposentos y bebíamos el hidromiel de
la luna en terrazas habitadas por una

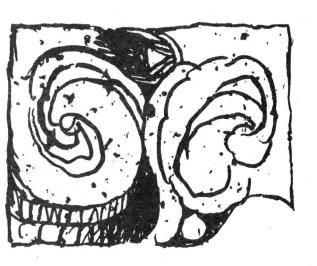

muchedumbre tan afanosa y espasmódica
como nosotras, figurillas y monstruos y
animales enredados en la misma ocupación
del territorio y que nos aceptaban sin recelo
como si fuéramos hormigas pintadas, el
dibujo moviente de la tinta en libertad.
Él no lo sabe, de noche duerme o anda con
sus amigos o fuma leyendo y escuchando
música, esas actividades insensatas que
no nos conciernen. Cuando de mañana vuelve
a su taller, cuando los guardianes inician
su ronda en los museos, cuando los primeros
aficionados entran en las galerías de pintura,
nosotras ya no estamos allí, el ciclo del
sol nos ha devuelto a nuestros hormigueros.
Pero furtivamente quisiéramos decirle que
regresaremos con las sombras, que
escalaremos hiedras y ventanas y paredes
incontables para llegar al fin a las murallas
de roble o de pino tras de las cuales nos

espera, tenso en su piel fragante, nuestro reino de cada noche. Creemos que si alguna vez, lámpara en mano, el insomnio lo trae hasta alguno de sus cuadros o sus dibujos, veremos sin terror su piyama que imaginamos blanco y negro a rayas, y que él se detendrá interrogante, irónicamente divertido, observándonos largamente. Quizá tarde en descubrirnos, porque las líneas y los colores que él ha puesto allí se mueven y tiemblan y van y vienen como nosotras, y en ese tráfico que explica nuestro amor y nuestra confianza podríamos acaso pasar inadvertidas; pero sabemos que nada escapa a sus ojos, que se echará a reir, que nos tratará de aturdidas porque alguna carrera irreflexiva está alterando el ritmo del dibujo o introduce el escándalo en una constelación de signos. ¿Qué podríamos decirle en nuestro descargo? ¿Qué pueden las hormigas contra un hombre en piyama?

Para una espeleología a domicilio

Los ritos de pasaje de la raza parecen
oscilar monótonamente de la historia a la
videncia, de las prestigiosas puertas del
pasado a las inciertas del futuro. Los
personajes de una novela de James Ballard,
favorecidos por un mundo en resuelta
entropía, tienden a organizar sus sueños
en procura de una verdad primordial, y
descienden oníricamente hacia los orígenes,
desandando el itinerario de la especie hasta
volver a descubrir en sus visiones las
selvas de helechos, el primer sol cargado
de polen vital, el inútil punto de partida;
historiadores perfectos de sí mismos, se
lanzan ebrios de pasado en busca del sol del
mediodía, van cayendo en un despertar de
catástrofe donde los espera una muerte
irrisoria. De alguna manera esa aberración
me parece un símbolo del hombre
contemporáneo, vidente de la historia
o historiador de la videncia,
empecinado en creer que las
puertas (de cuerno) se abren a su espalda
o lo esperan (de marfil) en el horizonte.
He llegado a convencerme de que esas
puertas están pintadas en una muralla de
humo y de papel. Hablo ahora de otro pasaje
que se deja adivinar **through a glass,
darkly.** Con la más convencional de las
sonrisas, Barba Azul ordena: « Jamás abras
esa puerta », y la pobre muchacha que
algunos llaman Anima no cumplirá el destino
que la heroína de la leyenda le proponía
con un oscuro signo de complicidad. No
solamente no abrirá la puerta sino que sus
mecanismos de defensa llegarán a ser tan

perfectos que Anima no verá la puerta, la tendrá al alcance del deseo y seguirá buscando el paso con un libro en una mano y una bola de cristal en la otra. ¿No quieres la verdadera llave, Anima? En Judas ha podido verse la máquina necesaria para que la redención teológica cuajara en su espantoso precio de maderas cruzadas y de sangre; Barba Azul, esa otra versión de Judas, sugiere que la desobediencia puede operar la redención aquí y ahora, en este mundo sin dioses. A la luz de figuras arquetípicas toda prohibición es un claro consejo: abre la puerta, ábrela ahora mismo. La puerta está bajo tus párpados, no es historia ni profecía.

Pero hay que llegar a verla, y para verla propongo soñar puesto que soñar es un presente desplazado y emplazado por una operación exclusivamente humana, una saturación de presente, un trozo de ámbar gris flotando en el devenir y a la vez aislándose de él en la medida en que el soñante está en su presente, que concita fuera de todo tiempo o espacio kantianos las desconcertadas potencias de su ser.

En ese presente para el que Anima no sabe todavía utilizar sus fuerzas liberadas, en esa pura vivencia donde el soñante y su sueño no están distanciados por categorías del entendimiento, donde todo hombre es a la vez su sueño, estar soñando y ser lo que sueña, la puerta espera al alcance de la mano. No hay más que abrirla («Jamás abras esa puerta», dijo Barba Azul) y la manera es ésta: Hay que aprender a despertar dentro del sueño, imponer la voluntad a esa realidad onírica de la que hasta ahora sólo se es pasivamente autor actor y espectador. Quien llegue a despertar a la libertad dentro de su sueño habrá franqueado la puerta y accedido a un plano que será por fin un **novum organum.** Vertiginosas secuelas se abren aquí al individuo y a la raza: la de volver de la vigilia onírica a la vigilia cotidiana con una sola flor entre los dedos, tendido el puente de la conciliación entre la noche y el día, rota la torpe máquina binaria que separaba a Hipnos de Eros. O más hermosamente, aprender a dormirse en el corazón del primer sueño para llegar a entrar en un segundo, y no sólo eso: llegar a despertar dentro del segundo sueño y abrir así otra puerta, y volver a soñar y despertarse dentro del tercer sueño, y volver a soñar y a despertar, como hacen las muñecas rusas.

« Jamás abras esa puerta », dice Barba Azul. ¿Qué harás tu, **animula vagula blandula?**

Silvia

Vaya a saber cómo hubiera podido acabar algo que ni siquiera tenía principio, que se dio en mitad y cesó sin contorno preciso, esfumándose al borde de otra niebla; en todo caso hay que empezar diciendo que muchos argentinos pasan parte del verano en los valles del Luberon, los veteranos de la zona escuchamos con frecuencia sus voces sonoras que parecen acarrear un espacio más abierto, y junto con los padres vienen los chicos y eso es también Silvia, los canteros pisoteados, almuerzos con bifes en tenedores y mejillas, llantos terribles seguidos de reconciliaciones de marcado corte italiano, lo que llaman vacaciones en familia. A mí me hostigan poco porque me protege una justa fama de mal educado; el filtro se abre apenas para dejar paso a Raúl y a Nora Mayer, y desde luego a sus amigos Javier y Magda, lo que incluye a los chicos y a Silvia, el asado en casa de Raúl hace unos quince días, algo que ni siquiera tuvo principio y sin embargo es sobre todo Silvia, esta ausencia que ahora puebla mi casa de hombre solo, roza mi almohada con su medusa de oro, me obliga a escribir lo que escribo con una absurda esperanza de conjuro, de dulce gólem de palabras. De todas maneras hay que incluir también a Jean Borel que enseña la literatura de nuestras tierras en una universidad occitana, a su mujer Liliane y al minúsculo Renaud en quien dos años de vida se amontonan tumultuosos. Cuánta gente para un asadito en el jardín de la casa de Raúl y Nora, bajo un vasto tilo que no parecía servir de sedante a la hora de las pugnas infantiles y las discusiones literarias. Llegué con botellas de vino y un sol que se acostaba en las colinas, Raúl y Nora me habían invitado porque Jean Borel andaba queriendo conocerme y no se animaba solo; en esos días Javier y Magda se alojaban también en la casa, el jardín era un campo de batalla mitad sioux mitad galorromano, guerreros emplumados se batían sin cuartel con voces de soprano y bolas de barro, Graciela y Lolita aliadas contra Alvaro, y en medio del fragor el pobre Renaud tambaleándose con sus bombachas llenas de algodón maternal y una tendencia a pasarse todo el tiempo de un bando a otro, traidor inocente y execrado del que sólo habría de ocuparse Silvia. Sé que amontono nombres, pero el orden y las genealogías también tardaron en llegar a mí, me acuerdo que bajé del auto con las botellas bajo el brazo y a los pocos metros vi asomar entre los arbustos la vincha de Bisonte Invencible, su mueca desconfiada frente al nuevo Cara Pálida; la batalla por el fuerte y los rehenes se libraba en torno a una pequeña tienda de campaña verde que parecía el cuartel general de Bisonte Invencible. Descuidando culpablemente una ofensiva acaso capital, Graciela dejó caer sus municiones pegajosas y terminó de limpiarse las manos en mi pescuezo; después se sentó imborrablemente en mis piernas y me explicó que Raúl y Nora estaban arriba con los otros grandes y que ya vendrían, detalles sin importancia al lado de la ruda batalla del jardín.

Graciela se ha sentido siempre en la obligación de explicarme cualquier cosa, partiendo del principio de que me considera tonto. Por ejemplo esa tarde el chiquito de los Borel no contaba para nada, no te das cuenta de que Renaud tiene dos años, todavía se hace caca en la bombacha, hace un rato le pasó y yo le iba a avisar a la mamá porque Renaud estaba llorando, pero Silvia se lo llevó al lado de la pileta, le lavó el culito y le cambió la ropa, Liliane no se enteró de nada porque sabés, se enoja mucho y por ahí le da un chirlo, entonces Renaud se pone a llorar de nuevo, nos fastidia todo el tiempo y no nos deja jugar.

— ¿Y los otros dos, los más grandes?

— Son los chicos de Javier y de Magda, no te das cuenta, sonso. Alvaro es Bisonte Invencible, tiene siete años, dos meses más que yo y es el más grande. Lolita tiene seis pero ya juega, ella es la prisionera de Bisonte Invencible. Yo soy la Reina del Bosque y Lolita es mi amiga, de manera que la tengo que salvar, pero seguimos mañana porque ahora ya nos llamaron para bañarnos. Alvaro se hizo un tajo en el pie, Silvia le puso una venda. Soltame que me tengo que ir.

Nadie la sujetaba, pero Graciela tiende siempre a afirmar su libertad. Me levanté para saludar a los Borel que bajaban de la casa con Raúl y Nora. Alguien, creo que Javier, servía el primer *pastis*; la conversación empezó con la caída de la noche, la batalla cambió de naturaleza y edad, se volvió un estudio sonriente de hombres que acaban de conocerse; los chicos se bañaban, no había galos ni sioux en el jardín, Borel quería saber por qué yo no volvía a mi país, Raúl y Javier sonreían con sonrisas compatriotas. Las tres mujeres se ocupaban de la mesa; curiosamente se parecían, Nora y Magda unidas por el acento porteño mientras el español de Liliane caía del otro lado de los Pirineos. Las llamamos para que bebieran el *pastis*, descubrí que Liliane era más morena que Nora y Magda pero el parecido subsistía, una especie de ritmo común. Ahora se hablaba de poesía concreta, del grupo de la revista *Invençao*; entre Borel y yo surgía un terreno común, Eric Dolphy, la segunda copa iluminaba las sonrisas entre Javier y Magda, las otras dos parejas vivían ya ese tiempo en que la charla en grupo libera antagonismos, ventila diferencias que la intimidad acalla. Era casi de noche cuando los chicos empezaron a aparecer, limpios y aburridos, primero los de Javier discutiendo sobre unas monedas, Alvaro obstinado y Lolita petulante, después Graciela llevando de la mano a Renaud que ya tenía otra vez la cara sucia. Se juntaron cerca de la pequeña tienda de campaña verde; nosotros discutíamos a Jean-Pierre Faye y a Philippe Sollers, la noche inventó el fuego del asado hasta entonces poco visible entre los árboles, se embadurnó con reflejos dorados y cambiantes que teñían el tronco de los árboles y alejaban los límites del jardín; creo que en ese momento vi por primera vez a Silvia, yo estaba sentado entre Borel y Raúl, y en torno a la mesa redonda bajo el tilo se sucedían Javier, Magda y Liliane; Nora iba y venía con cubiertos y platos. Que no me hubieran presentado a

Silvia parecía extraño, pero era tan joven y quizá deseosa de mantenerse al margen, comprendí el silencio de Raúl o de Nora, evidentemente Silvia estaba en la edad difícil, se negaba a entrar en el juego de los grandes, prefería imponer autoridad o prestigio entre los chicos agrupados junto a la tienda verde. De Silvia había alcanzado a ver poco, el fuego iluminaba violentamente uno de los lados de la tienda y ella estaba agachada allí junto a Renaud, limpiándole la cara con un pañuelo o un trapo; vi sus muslos bruñidos, unos muslos livianos y definidos al mismo tiempo como el estilo de Francis Ponge del que estaba hablándome Borel, las pantorrillas quedaban en la sombra al igual que el torso y la cara, pero el pelo largo brillaba de pronto con los aletazos de las llamas, un pelo también de oro viejo, toda Silvia parecía entonada en fuego, en bronce espeso; la minifalda descubría los muslos hasta lo más alto, y Francis Ponge había sido culpablemente ignorado por los jóvenes poetas franceses hasta que ahora, con las experiencias del grupo de *Tel Quel*, se reconocía a un maestro; imposible preguntar quién era Silvia, por qué no estaba entre nosotros, y además el fuego engaña, quizá su cuerpo se adelantaba a su edad y los sioux eran todavía su territorio natural. A Raúl le interesaba la poesía de Jean Tardieu, y tuvimos que explicarle a Javier quién era y qué escribía; cuando Nora me trajo el tercer *pastis* no pude preguntarle por Silvia, la discusión era demasiado viva y Borel bebía mis palabras como si valieran tanto. Vi llevar una mesita baja cerca de la tienda, los preparativos para que los chicos cenaran aparte; Silvia ya no estaba allí, pero la sombra borroneaba la tienda y quizá se había sentado más lejos o se paseaba entre los árboles. Obligado a ventilar opiniones sobre el alcance de las experiencias de Jacques Roubaud, apenas si alcanzaba a sorprenderme de mi interés por Silvia, de que la brusca desaparición de Silvia me desasosegara ambiguamente; cuando terminaba de decirle a Raúl lo que pensaba de Roubaud, el fuego fue otra vez fugazmente Silvia, la vi pasar junto a la tienda llevando de la mano a Lolita y a Alvaro; detrás venían Graciela y Renaud saltando y bailando en un último avatar sioux; por supuesto Renaud se cayó de boca y su primer chillido sobresaltó a Liliane y a Borel. Desde el grupo se alzó la voz de Graciela: «¡No es nada, ya pasó!», y los padres volvieron al diálogo con esa soltura que da la monotonía cotidiana de los porrazos de los sioux; ahora se trataba de encontrar-

le un sentido a las experiencias aleatorias
de Xenakis por las que Javier mostraba
un interés que a Borel le parecía desmesurado. Entre los hombros de Magda y
de Nora yo veía a lo lejos la silueta de
Silvia, una vez más agachada junto a Renaud, mostrándole algún juguete para
consolarlo; el fuego le desnudaba las
piernas y el perfil, adiviné una nariz fina
y ansiosa, unos labios de estatua arcaica
(¿pero no acababa Borel de preguntarme algo sobre una estatuilla de las Cícladas de la que me hacía responsable, y la
referencia de Javier a Xenakis no había
desviado el tema hacia algo más valioso?). Sentí que si alguna cosa deseaba saber en ese momento era Silvia, saberla de
cerca y sin los prestigios del fuego, devolverla a una probable mediocridad de
muchachita tímida o confirmar esa silueta demasiado hermosa y viva como para
quedarse en mero espectáculo; hubiera
querido decírselo a Nora con quien tenía
una vieja confianza, pero Nora organizaba la mesa y ponía servilletas de papel,
no sin exigir de Raúl la compra inmediata de algún disco de Xenakis. Del territorio de Silvia, otra vez invisible, vino
Graciela la gacelita, la sábelotodo; le
tendí la vieja percha de la sonrisa, las
manos que la ayudaron a instalarse en
mis rodillas; me valí de sus apasionantes

noticias sobre un escarabajo peludo para desligarme de la conversación sin que Borel me creyera descortés, apenas pude le pregunté en voz baja si Renaud se había hecho daño.

— Pero no, tonto, no es nada. Siempre se cae, tiene solamente dos años, vos te das cuenta. Silvia le puso agua en el chichón.

— ¿Quién es Silvia, Graciela?

Me miró como sorprendida.

— Una amiga nuestra.

— ¿Pero es hija de alguno de estos señores?

— Estás loco — dijo razonablemente Graciela. — Silvia es nuestra amiga. ¿Verdad, mamá, que Silvia es nuestra amiga?

Nora suspiró, colocando la última servilleta junto a mi plato.

— ¿Por qué no te volvés con los chicos y dejás en paz a Fernando? Si se pone a hablarte de Silvia vas a tener para rato.

— ¿Por qué, Nora?

— Porque desde que la inventaron nos tienen aturdidos con su Silvia — dijo Javier.

— Nosotros no la inventamos — dijo Graciela, agarrándome la cara con las dos manos para arrancarme a los grandes. — Preguntales a Lolita y a Alvaro, vas a ver.

— ¿Pero quién es Silvia? — repetí.

Nora ya estaba lejos para escuchar, y Borel discutía otra vez con Javier y Raúl. Los ojos de Graciela estaban fijos en los míos, su boca sacaba como una trompita entre burlona y sabihonda.

— Ya te dije, bobo, es nuestra amiga. Ella juega con nosotros cuando quiere, pero no a los indios porque no le gusta. Ella es muy grande, comprendés, por eso lo cuida tanto a Renaud que solamente tiene dos años y se hace caca en la bombacha.

— ¿Vino con el señor Borel? — pregunté en voz baja. — ¿O con Javier y Magda?

— No vino con nadie — dijo Graciela. — Preguntales a Lolita y a Alvaro, vas a ver. A Renaud no le preguntés porque es muy chiquito y no comprende. Dejame que me tengo que ir.

Raúl, que siempre parece asistido por un radar, se arrancó a una reflexión sobre el letrismo para hacerme un gesto compasivo.

— Nora te previno, si les seguís el tren te van a volver loco con su Silvia.

— Fue Alvaro — dijo Magda. — Mi hijo es un mitómano y contagia a todo el mundo.

Raúl y Magda me seguían mirando, hubo una fracción de segundo en que yo pude haber dicho: « No entiendo », para

forzar las explicaciones, o directamente:
« Pero Silvia está ahí, acabo de verla ».
No creo, ahora que tengo demasiado tiempo para pensarlo, que la intervención distraída de Borel me impidiera decirlo. Borel acababa de preguntarme algo sobre *La casa verde*; empecé a hablar sin saber lo que decía, pero en todo caso no me dirigía ya a Raúl y a Magda. Vi a Liliane que se acercaba a la mesa de los chicos y los hacía sentarse en taburetes y cajones viejos; el fuego los iluminaba como en los grabados de las novelas de Héctor Malot o de Dickens, las ramas del tilo se cruzaban por momentos entre una cara o un brazo alzado, se oían risas y protestas. Yo hablaba de Fushía con Borel, me dejaba llevar corriente abajo en esa balsa de la memoria donde Fushía estaba tan terriblemente vivo. Cuando Nora me trajo un plato de carne le murmuré al oído: « No entendí demasiado eso de los chicos ».

– Ya está, vos también caíste – dijo Nora, echando una mirada compasiva a los demás. – Menos mal que después se irán a dormir porque sos una víctima nata, Fernando.

– No les hagas caso – se cruzó Raúl. – Se ve que no tenés práctica, tomás demasiado en serio a los pibes. Hay que oírlos como quien oye llover, viejo, o es la locura.

Tal vez en ese momento perdí el posible acceso al mundo de Silvia, jamás sabré por qué acepté la fácil hipótesis de una broma, de que los amigos me estaban tomando el pelo (Borel no, Borel seguía por su camino que ya llegaba a Macondo); veía otra vez a Silvia que acababa de asomar de la sombra y se inclinaba entre Graciela y Alvaro como para ayudarlos a cortar la carne o quizá comer un bocado; la sombra de Liliane que venía a sentarse con nosotros se interpuso, alguien me ofreció vino; cuando miré de nuevo, el perfil de Silvia estaba como encendido por las brasas, el pelo le caía sobre un hombro, se deslizaba fundiéndose con la sombra de la cintura. Era tan hermosa que me ofendió la broma, el mal gusto, me puse a comer de cara al plato, escuchando de reojo a Borel que me invitaba a unos coloquios universitarios; si le dije que no iría fue por culpa de Silvia, por su involuntaria complicidad en la diversión socarrona de mis amigos. Esa noche no vi más a Silvia; cuando Nora se acercó a la mesa de los chicos con queso y frutas, entre ella y Lolita se ocuparon de hacer comer a Renaud que se iba quedando dormido. Nos pusimos a hablar de Onetti y de Felisberto, bebimos tanto vino en su honor que un segundo viento belicoso de sioux y de charrúas envolvió el tilo; trajeron a los chicos para que dijeran buenas noches, Renaud en los brazos de Liliane.

— Me tocó una manzana con gusano — me dijo Graciela con una enorme satisfacción. — Buenas noches, Fernando, sos muy malo.

— ¿Por qué, mi amor?

— Porque no viniste ni una sola vez a nuestra mesa.

— Es cierto, perdoname. Pero ustedes tenían a Silvia, ¿verdad?

— Claro, pero lo mismo.

— Este se la sigue — dijo Raúl mirándome con algo que debía ser piedad. — Te va a costar caro, esperá a que te agarren bien despiertos con su famosa Silvia, te vas a arrepentir, hermano.

Graciela me humedeció el mentón con un beso que olía fuertemente a yogurt y a manzana. Mucho más tarde, al final de una charla en la que el sueño empezaba a sustituir las opiniones, los invité a cenar en mi casa. Vinieron el sábado pasado hacia las siete, en dos autos; Alvaro y Lolita traían un barrilete de género y so pretexto de remontarlo acabaron inmediatamente con mis crisantemos. Yo dejé a las mujeres que se ocuparan de las bebidas, comprendí que nadie le impediría a Raúl tomar el timón del asado;

les hice visitar la casa a los Borel y a
Magda, los instalé en el living frente a
mi óleo de Julio Silva y bebí un rato con
ellos, fingiendo estar allí y escuchar lo
que decían; por el ventanal se veía el barrilete en el viento, se escuchaban los gritos de Lolita y Alvaro. Cuando Graciela
apareció con un ramo de pensamientos
fabricado presumiblemente a costa de mi
mejor cantero, salí al jardín anochecido
y ayudé a remontar más alto el barrilete.
La sombra bañaba las colinas en el fondo
del valle y se adelantaba entre los cerezos
y los álamos pero sin Silvia, Alvaro no
había necesitado de Silvia para remontar
el barrilete.

— Colea lindo — le dije, probándolo, ha-
ciéndolo ir y venir.

— Sí pero tené cuidado, a veces pica de
cabeza y esos álamos son muy altos — me
previno Alvaro.

— A mí no se me cae nunca — dijo Lolita, quizá celosa de mi presencia. — Vos le
tirás demasiado del hilo, no sabés.

— Sabe más que vos — dijo Alvaro en
rápida alianza masculina. — ¿Por qué no
te vas a jugar con Graciela, no ves que
molestás?

Nos quedamos solos, dándole hilo al
barrilete. Esperé el momento en que Alvaro me aceptara, supiera que era tan capaz como él de dirigir el vuelo verde y

rojo que se desdibujaba cada vez más en
la penumbra.

— ¿Por qué no trajeron a Silvia? — pregunté, tirando un poco del hilo.

Me miró de reojo entre sorprendido y
socarrón, y me sacó el hilo de las manos,
degradándome sutilmente.

— Silvia viene cuando quiere — dijo recogiendo el hilo.

— Bueno, hoy no vino, entonces.

— ¿Qué sabés vos? Ella viene cuando
quiere, te digo.

— Ah. ¿Y por qué tu mamá dice que vos
la inventaste a Silvia?

— Mirá como colea — dijo Alvaro. —
Che, es un barrilete fenómeno, el mejor
de todos.

— ¿Por qué no me contestás, Alvaro?

— Mamá se cree que yo la inventé — dijo
Alvaro. — ¿Y vos por qué no lo creés, eh?

Bruscamente vi a Graciela y a Lolita a
mi lado. Habían escuchado las últimas
frases, estaban ahí mirándome fijamente; Graciela removía lentamente un pensamiento violeta entre los dedos.

— Porque yo no soy como ellos — dije. —
Yo la vi, saben.

Lolita y Alvaro cruzaron una larga mirada, y Graciela se me acercó y me puso
el pensamiento en la mano. El hilo del
barrilete se tendió de golpe. Alvaro le dio
juego, lo vimos perderse en la sombra.

– Ellos no creen porque son tontos –
dijo Graciela. – Mostrame donde tenés
el baño y acompañame a hacer pis.

La llevé hasta la escalera exterior, le
mostré el baño y le pregunté si no se perdería para bajar. En la puerta del baño,
con una expresión en la que había como
un' reconocimiento, Graciela me sonrió.

– No, andate nomás, Silvia me va a
acompañar.

– Ah, bueno – dije luchando contra vaya a saber qué, el absurdo o la pesadilla o
el retardo mental. – Entonces vino, al
final.

– Pero claro, sonso – dijo Graciela. –
¿No la ves ahí?

La puerta de mi dormitorio estaba abierta, las piernas desnudas de Silvia se
dibujaban sobre la colcha roja de la cama. Graciela entró en el baño y oí que
corría el pestillo. Me acerqué al dormitorio, vi a Silvia durmiendo en mi cama, el
pelo como una medusa de oro sobre la almohada. Entorné la puerta a mi espalda,
me acerqué no sé cómo, aquí hay huecos
y látigos, un agua que corre por la cara
cegando y mordiendo, un sonido como de
profundidades fragosas, un instante sin
tiempo, insoportablemente bello. No sé si
Silvia estaba desnuda, para mí era como
un álamo de bronce y de sueño, creo que la
vi desnuda aunque luego no, debí imagi-

narla por debajo de lo que llevaba puesto, la linea de las pantorrillas y los muslos la dibujaba de lado contra la colcha roja, seguí la suave curva de la grupa abandonada en el avance de una pierna, la sombra de la cintura hundida, los pequeños senos imperiosos y rubios. «Silvia», pensé, incapaz de toda palabra, «Silvia, Silvia, pero entonces...» La voz de Graciela restalló a través de dos puertas como si me gritara al oído: «¡Silvia, vení a buscarme!» Silvia abrió los ojos, se sentó en el borde de la cama; tenía la misma minifalda de la primera noche, una blusa escotada, sandalias negras. Pasó a mi lado sin mirarme y abrió la puerta. Cuando salí, Graciela bajaba corriendo la escalera y Liliane, llevando a Renaud en los brazos, se cruzaba con ella camino del baño y del mercurocromo para el porrazo de las siete y media. Ayudé a consolar y a curar, Borel subía inquieto por los berridos de su hijo, me hizo un sonriente reproche por mi ausencia, bajamos al líving para beber otra copa, todo el mundo andaba por la pintura de Graham Sutherland, fantasmas de ese tipo, teorías y entusiasmos que se perdían en el aire con el humo del tabaco. Magda y Nora concentraban a los chicos para que comieran estratégicamente aparte; Borel me dio su dirección, insistiendo en que le enviara la colaboración prometida a una revista de Poitiers, me dijo que partían a la mañana siguiente y que se llevaban a Javier y a Magda para hacerles visitar la región. «Silvia se irá con ellos», pensé oscuramente, y busqué una caja de fruta abrillantada, el pretexto para acercarme a la mesa de los chicos, quedarme allí un momento. No era fácil preguntarles, comían como lobos y me arrebataron los dulces en la mejor tradición de los sioux y los tehuelches. No sé por qué le hice la pregunta a Lolita, limpiándole de paso la boca con la servilleta.

— ¿Qué sé yo? — dijo Lolita. — Preguntale a Alvaro.

— Y yo qué sé — dijo Alvaro, vacilando entre una pera y un higo. - Ella hace lo que quiere, a lo mejor se va por ahí.

— ¿Pero con quién de ustedes vino?

— Con ninguno — dijo Graciela, pegándome una de sus mejores patadas por debajo de la mesa. — Ella estuvo aquí y ahora quién sabe, Alvaro y Lolita se vuelven a la Argentina y con Renaud te imaginás que no se va a quedar porque es muy chico, esta tarde se tragó una avispa muerta, qué asco.

— Ella hace lo que quiere, igual que nosotros — dijo Lolita.

Volví a mi mesa, vi terminarse la velada en una niebla de coñac y de humo. Javier y Magda se volvían a Buenos Aires (Alvaro y Lolita se volvían a Buenos Aires) y los Borel irían el año próximo a Italia (Renaud iría el año próximo a Italia).

– Aquí nos quedamos los más viejos – dijo Raúl. (Entonces Graciela se quedaba pero Silvia era los cuatro, Silvia era cuando estaban los cuatro y yo sabía que jamás volverían a encontrarse).

Raúl y Nora siguen todavía aquí, en nuestro valle del Luberon, anoche fui a visitarlos y charlamos de nuevo bajo el tilo; Graciela me regaló un mantelito que acababa de bordar con punto cruz, supe de los saludos que me habían dejado Javier, Magda y los Borel. Comimos en el

jardín, Graciela se negó a irse temprano a la cama, jugó conmigo a las adivinanzas. Hubo un momento en que nos quedamos solos, Graciela buscaba la respuesta a la adivinanza sobre la luna, no acertaba y su orgullo sufría.

– ¿Y Silvia? – le pregunté, acariciándole el pelo.

– Mirá que sos tonto – dijo Graciela. – ¿Vos te creías que esta noche iba a venir por mí solita?

– Menos mal – dijo Nora, saliendo de la sombra. – Menos mal que no va a venir por vos solita, porque ya nos tenían hartos con ese cuento.

– Es la luna – dijo Graciela. – Qué adivinanza tan sonsa, che.

Homenaje a una torre de fuego

Este texto, escrito para MARCHA, de Montevideo, se refiere a las jornadas de mayo de 1968 en París y a la ocupación de la casa de la Argentina en la Ciudad Universitaria por un grupo de compatriotas.

Nadie les ha enseñado a hacer lo que están haciendo; nadie le enseña al árbol la forma de dar sus hojas y sus frutos. No se han dejado utilizar, como tantas veces en otros tiempos, a manera de cabezas de puente o pavos de la boda; hoy están solos frente a una realidad resquebrajada, son una inmensa muchedumbre que no acepta ya reajustarse para ingresar ventajosamente en ese mundo que se da en llamar moderno, que no acepta que ese mundo los recupere con la hipócrita reconciliación paternal frente a los hijos pródigos. Algo como una fuente de pura vida, algo como un inmenso amor enfurecido se ha alzado por encima de los inconformismos a medias, en la torre de mando de las tecnocracias, en la fría soberbia de los planes históricos, de las

dialécticas esclerosadas. No es el momento de explicar o de calificar esta rebelión contra todos los esquemas prefijados; su sola existencia, aquí y en tantos otros países del mundo, la forma incontenible en que se manifiesta, bastan y sobran como prueba de su validez y su verdad. Nada piden los estudiantes que no sea de alguna manera una nueva definición del hombre y la sociedad, del hombre **en** la sociedad; y lo piden en la única forma en que es posible pedirlo en este momento, sin reivindicaciones parciales, sin nuevos esquemas que pretendan sustituir a los vigentes. Lo piden con una entrega total de su persona, con el gesto elemental e incuestionable de salir a la calle y gritar contra la maquinaria aplastante de un orden desvitalizado y anacrónico. Los estudiantes están haciendo el amor con el único mundo que aman y que los ama; su rebelión es el abrazo primordial, el encuentro en lo más alto de las pulsiones vitales.

En el pabellón de la Argentina, ¿cómo no iba a manifestarse ese salto hacia una realidad auténtica cuando bajo su techo se venía reiterando la injusticia, la discriminación, la estafa moral que no era más que el reflejo de lo que sucede allá en la patria, allá en tantos países de América Latina? Tomar esta residencia ha significado para los estudiantes entrar escoba en mano en una casa sucia para limpiarle el polvo de mucha ignominia, de mucha hipocresía. Pero en el fondo esto es sólo un episodio dentro de un contexto infinitamente más rico; que no se engañen los que quieran ver en ese gesto una mera oposición política en el plano nacional. Detrás de la ocupación de lo que es propio hay una conciencia que va mucho más allá del perímetro de una residencia universitaria; simbólicamente, poéticamente, estos muchachos han tomado a la Argentina entera para devolverla a su verdad tanto tiempo falseada; y decir eso es decir también América Latina, es sentir

a través de este impulso y esta definición toda la angustia de un continente traicionado desde dentro y desde fuera. Cómo no comprender, entonces, el sentido más profundo que tiene hoy aquí, entre nosotros, la evocación del ejemplo vivo del Che, cómo no comprender que lo sintamos tan cerca de los jóvenes que se baten en las calles y dialogan en los anfiteatros. Pero esto no es un homenaje labial; no hemos de recaer una vez más en los esquemas del respeto solemne, de las conmemoraciones a base de palmas y oratoria. Para el Che sólo podía y sólo puede haber un homenaje: el de alzarse como lo hizo él contra la alienación del hombre, contra su colonización física y moral. Todos los estudiantes del mundo que luchan en este mismo momento son de alguna manera el Che. No siempre hacen falta cirujanos para transplantar un corazón en otro cuerpo; el suyo está latiendo en cada estudiante que libra este combate por una vida más digna y más hermosa.

Tu más profunda piel

> Pénétrez le secret doré
> Tout n'est qu'une flamme rapide
> Que fleurit la rose adorable
> Et d'où monte un parfum exquis
>
> APOLLINAIRE, *Les collines*

Cada memoria enamorada guarda sus magdalenas y la mía —sábelo, allí donde estés— es el perfume del tabaco rubio que me devuelve a tu espigada noche, a la ráfaga de tu más profunda piel. No el tabaco que se aspira, el humo que tapiza las gargantas, sino esa vaga equívoca fragancia que deja la pipa en los dedos y que en algún momento, en algún gesto inadvertido, asciende con su látigo de delicia para encabritar tu recuerdo, la sombra de tu espalda contra el blanco velamen de las sábanas.

No me mires desde la ausencia con esa gravedad un poco infantil que hacía de tu rostro una máscara de joven faraón nubio. Creo que siempre estuvo entendido que sólo nos daríamos el placer y las fiestas livianas del alcohol y las calles vacías de la medianoche. De ti tengo más que eso, pero en el recuerdo me vuelves desnuda y volcada, nuestro planeta más preciso fue esa cama donde lentas, imperiosas geografías iban naciendo de nuestros viajes, de tanto desembarco amable o resistido, de embajadas con cestos de frutas o agazapados flecheros, y cada poza, cada río, cada colina y cada llano los ganamos en noches extenuantes, entre oscuros parlamentos de aliados o enemigos. ¡Oh viajera de ti misma, máquina de olvido! Y entonces me paso la mano por la cara con un gesto distraído y el perfume del tabaco en mis dedos te trae otra vez para arrancarme a este presente acostumbrado, te proyecta antílope en la pantalla de ese lecho donde vivimos las interminables rutas de un efímero encuentro.

Yo aprendía contigo lenguajes paralelos; el de esa geometría de tu cuerpo que me llenaba la boca y las manos de teoremas temblorosos, el de tu hablar diferente, tu lengua insular que tantas veces me confundía. Con el perfume del tabaco vuelve ahora un recuerdo preciso que lo abarca todo en un instante que es como un vórtice, sé que dijiste: «Me da pena», y yo no comprendí porque nada creía que pudiera apenarte en esa maraña de caricias que nos volvía ovillo blanco y negro, lenta danza en que el uno pesaba sobre el otro para luego dejarse invadir por la presión liviana de unos muslos, de unos brazos, rotando blandamente y desligándose hasta otra vez ovillarse y repetir las caídas desde lo alto o lo hondo, jinete o potro, arquero o gacela, hipogrifos afrontados, delfines en mitad del salto. Entonces aprendí que la pena en tu boca era otro nombre del pudor y

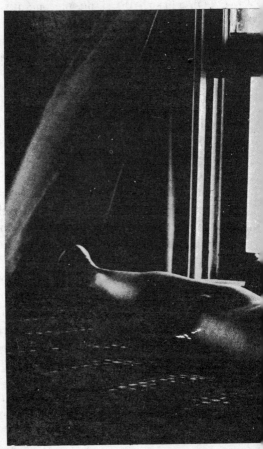

la vergüenza, y que no te decidías a mi nueva sed que ya tanto habías saciado, que me rechazabas suplicando con esa manera de esconder los ojos, de apoyar el mentón en la garganta para no dejarme en la boca más que el negro nido de tu pelo.

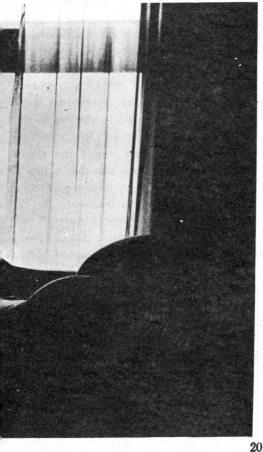

Dijiste: «Me da pena, sabes», y volcada de espaldas me miraste con ojos y senos, con labios que trazaban una flor de lentos pétalos. Tuve que doblarte los brazos, murmurar mi último deseo con el correr de las manos por las más dulces colinas, sintiendo cómo poco a poco cedías y te echabas de lado hasta rendir el sedoso muro de tu espalda donde un menudo omóplato tenía algo de ala de ángel mancillado. Te daba pena, y de esa pena iba a nacer el perfume que ahora me devuelve a tu vergüenza antes de que otro acorde, el último, nos alzara en una misma estremecida réplica. Sé que cerré los ojos, que lamí la sal de tu piel, que descendí volcándote hasta sentir tus riñones como el estrechamiento de la jarra donde se apoyan las manos con el ritmo de la ofrenda; en algún momento llegué a perderme en el pasaje hurtado y prieto que se negaba al goce de mis labios mientras desde tan allá, desde tu país de arriba y lejos, murmuraba tu pena una última defensa abandonada.

Con el perfume del tabaco rubio en los dedos asciende otra vez el balbuceo, el temblor de ese oscuro encuentro, sé que mi boca buscó la oculta boca estremecida, el labio único ciñéndose a su miedo, el ardiente contorno rosa y bronce que te libraba a mi más extremo viaje. Y como ocurre siempre, no sentí en ese delirio lo que ahora me trae el recuerdo desde un vago aroma de tabaco, pero esa musgosa fragancia, esa canela de sombra hizo su camino secreto a partir del olvido necesario e instantáneo, indecible juego de la carne que oculta a la conciencia lo que mueve las más densas, implacables máquinas del fuego. No eras sabor ni olor, tu más escondido país se daba como imagen y contacto, y sólo hoy unos dedos casualmente manchados de tabaco me devuelven el instante en que me enderecé sobre ti para lentamente reclamar las llaves de pasaje, forzar el dulce trecho donde tu pena tejía las últimas defensas ahora que con la boca hundida en la almohada sollozabas una súplica de oscura aquiescencia, de derramado pelo. Más tarde comprendiste y no hubo pena, me cediste la ciudad de tu más profunda piel desde tanto horizonte diferente, después de fabulosas máquinas de sitio y parlamentos y batallas. En esta vaga vainilla de tabaco que hoy me mancha los dedos se despierta la noche en que tuviste tu primera, tu última pena. Cierro los ojos y aspiro en el pasado ese perfume de tu carne más secreta, quisiera no abrirlos a este ahora donde leo y fumo y todavía creo estar viviendo.

Estado de las baterías

En la página 220 de mi novela **62**, Juan vuelve a París después de varias semanas de ausencia, y apenas se ha bañado y cambiado de ropa va al garaje y saca su auto para ir a buscar a Hélène. El lector que ignore el funcionamiento de la vida práctica en París pensará que eso no es posible, puesto que la batería de un auto inmovilizado tanto tiempo se descarga y nadie imagina — especialmente yo — a un bacán como ese intérprete internacional dándole manija al coche para que arranque. El mismo lector, sin embargo, ha encontrado tantas irrealidades en el libro, que incluso si repara en ese detalle técnico puede sentirse tentado de incluirlo en la cuenta de todo lo precedente; si es así, debería dedicarse a leer otro tipo de literatura, porque con éste no congenia. La razón es muy simple y sitúa con una clarísima perspectiva la noción de realidad en cierta narrativa. Muchas cosas pueden

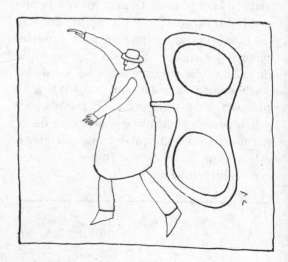

parecer «absurdas» en **62**, deliberada
o tácitamente imposibles con arreglo a
la óptica usual; pero en un relato que
merezca el nombre de fantástico ese
supuesto «absurdo» responde a una
legislación no menos coherente que la de
la realidad ordinaria; de ahí que una
transgresión tan frívola como la del auto
que arranca sin la batería cargada **bastaría
para invalidarlo.** El lector sensible a
los parámetros y a las normas subyacentes
en toda legítima literatura fantástica sabe
que hay una lógica **sui generis** que no
tolera allí la menor frivolidad (¡hermoso
rigor del **homo ludens**!), una realidad de lo
insólito dentro de la cual los ascensores
pueden desplazarse horizontalmente
y las estaciones del subte sucederse en
un orden extracartográfico y las lagunas
suburbanas de París encresparse con
sensibles mareas, pero que se anularía
insanablemente si cediera a facilidades
como la citada al principio. Y así el lector
sensible a esa lógica sabe, sin necesidad
de que se le diga en el texto, que el
patrón del garaje conocía la fecha del
regreso de Juan y le tenía el auto listo, o
que Juan, como hacemos en estas latitudes,
le telefoneó desde Viena para que le
cargara la batería. Lo fantástico no es nunca
absurdo porque su coherencia intrínseca
funciona con el mismo rigor que la de lo
cotidiano; de ahí que cualquier transgresión
de su estructura lo precipite en la banalidad
y la extravagancia. Un auto que
arranca con la batería descargada entra en
lo maravilloso y no en lo fantástico; el
auto de Juan, en todo caso, no se parecía
para nada a la carroza de la Cenicienta.

La noche del transgresor

Cuando mordías en la antigua manzana,
cuando el aullido de los gallos te lanzaba a tu reino de empusas y de lamias,
y corrías a desenterrar los cadáveres de un rito clandestino,

cuando volvías con las marcas de la sombra
vestido de morado, de vómitos, quemado
de asedios mercenarios, de los tráficos
que dejan moscas muertas por moneda,
oh corazón empecinado en ser tú mismo
contra viento y marea y alcahuetes,

*te quedaba quizá bastante luz
para mirar llorando el cielo de hojalata, la ciudad
donde otra vez te sumirías en la anónima fila
de las personas honorables que trabajan.
En la esquina final, pisando todavía una acera de tierra,
te parabas temblando, sucio de amor sin nombre,
y algo como un contento sigiloso
como un perro de sombra fiel haciendo fiestas
te consolaba, y también más arriba
tu cómplice la luna,
errante corazón de las estatuas.*

Las tejedoras

Las conozco, las horribles, las tejedoras envueltas en pelusas,
en colores que crecen de las manos, del hilo
al cuajo tembloroso moviéndose en la red de dedos ávidos.
Hijas de la siesta, pálidas babosas escondidas del sol,
en cada patio con tinajas crece su veneno y su paciencia,
en las terrazas al anochecer, en las veredas de los barrios,
en el espacio sucio de bocinas y lamentos de la radio,
en cada hueco donde el tiempo sea un pulóver.

*Tejen olvido, estupidez y lágrimas,
tejen, de día y noche tejen la ropa interna, tejen la bolsa donde se ahoga el corazón,
tejen campanas rojas y mitones violeta para envolvernos las rodillas,
Teje, mujer verde, mujer húmeda, teje, teje, teje,
amontona materias putrescibles sobre tu falda de donde brotaron tus hijos,
esa lenta manera de vida, ese aceite de oficinas y universidades,
esa pasión de domingo a la tarde en las tribunas.
Sé que tejen de noche, a horas secretas, se levantan del sueño
y tejen en silencio, en la tiniebla; he parado en hoteles
donde cada pieza a oscuras era una tejedora, una manga*

gris o blanca saliendo debajo de la puerta; y tejen en los bancos, detrás de los cristales empañados, en las letrinas tejen, y en los fríos lechos matrimoniales tejen de espaldas al ronquido. y nuestra voz es el ovillo para tu tejido, araña amor, y este cansancio nos cubre, arropa el alma con punto cruz punto cadena Santa Clara, la muerte es un tejido sin color y nos lo estás tejiendo.

¡Ahí vienen, vienen! Monstruos de nombre blando, tejedoras, hacendosas mujeres de los hogares nacionales, oficinistas, rubias mantenidas, pálidas novicias. Los marineros tejen, las enfermas envueltas en biombos tejen para el insomnio, del rascacielo bajan flecos enormes de tejidos, la ciudad está envuelta en lanas como vómitos verdes y violeta.

*Ya están aquí, ya se levantan sin hablar,
solamente las manos donde agujas brillantes van y vienen,
y tienen manos en la cara, en cada seno tienen manos, son
ciempiés son ciennanos tejiendo en un silencio insoportable
de tangos y discursos.*

Quartier

El día durmiéndose en redondo
a mediodía en Sèvres-Babylone,
¿y qué canto se rompe en los tejados casi verdes de grises,
casi negros de rotos, con palomas terrosas?
A esta hora corren las midinettes en puntas de zapato
con la vacía cartera llena de talco,
con las vacías caras llenas de hermosura
a dar el blando salto que las entierra poco a poco en la babosa boca del Métro,
y abajo rugen los leones.

*Sí, están comiéndose los días,
los devorantes, las enormes hormigas peludas
escupiendo zapatos y botones, desgarrando las faldas
en busca de la carne caliente, el fácil
carroussel de las doce, el Bon Marché.
Al mismo tiempo en cada casa se abre la ventana
para que el cielo vea las cocinas
con la madre hacendosa que dispone
las berenjenas, algún diente de ajo, un caldo
donde se inflama el perejil chirriante.
Los millones de granos de arroz
que caen grumo a grumo en las gargantas,
el blando salto que (se dijo) entierra poco a poco en las bocas del Métro
a las muchachas sueltas,*

*a niños de lustrados cartapacios,
y abajo rugen los leones
perdidos, esplendor de esa matanza
como soles de sangre y amoníaco.
El mediodía entero se masturba
de libertad y de hambre
entre los carros de tomates,
las brazadas de espliego,*

*y un río de cinturas corre a su muerte suave
sobre los autobuses, el amor y los diarios,
cayéndose en la vida dislocada
que se recompondrá a las trece y treinta
cuando el último león sucumba, abyecto,
bajo una costra de colillas
y tenedores engrasados.*

Los dioses

Los dioses van por entre cosas pisoteadas, sosteniendo
los bordes de sus mantos con el gesto del asco.
Entre podridos gatos, entre larvas abiertas y acordeones,
sintiendo en las sandalias la humedad de los trapos corrompidos,
los vómitos del tiempo.

*En su desnudo cielo ya no moran, lanzados
fuera de sí por un dolor, un sueño turbio,
andan heridos de pesadilla y légamo, parándose
a recontar sus muertos, las nubes boca abajo,
los perros con la lengua rota,*

*a atisbar envidiosos el abismo
donde ratas erectas se disputan chillando
pedazos de banderas.*

Los amantes

*¿Quién los ve andar por la ciudad
si todos están ciegos?
Ellos se toman de la mano: algo habla
entre sus dedos, lenguas dulces
lamen la húmeda palma, corren por las falanges,
y arriba está la noche llena de ojos.*

*Son los amantes, su isla flota a la deriva
hacia muertes de césped, hacia puertos
que se abren entre sábanas.
Todo se desordena a través de ellos,
todo encuentra su cifra escamoteada;*

*pero ellos ni siquiera saben
que mientras ruedan en su amarga arena
hay una pausa en la obra de la nada,
el tigre es un jardín que juega.*

*Amanece en los carros de basura,
empiezan a salir los ciegos,
el ministerio abre sus puertas.
Los amantes rendidos se miran y se tocan
una vez más antes de oler el día.
Ya están vestidos, ya se van por la calle.
Y es sólo entonces
cuando están muertos, cuando están vestidos,
que la ciudad los recupera hipócrita
y les impone los deberes cotidianos.*

Las buenas inversiones

Gómez es un hombre modesto y borroso,
que sólo le pide a la vida un pedacito
bajo el sol, el diario con noticias exaltantes
y un choclo hervido con poca sal pero eso sí
con bastante manteca. A nadie le puede
extrañar entonces que apenas haya reunido
la edad y el dinero suficientes, este sujeto
se traslade al campo, busque una región
de colinas agradables y pueblecitos
inocentes, y se compre un metro cuadrado
de tierra para estar lo que se dice en
su casa.

Esto del metro cuadrado puede parecer
raro y lo sería en circunstancias
ordinarias, es decir sin Gómez y sin
Literio. Como a Gómez no le interesa
más que un pedacito de tierra donde
instalar su reposera verde y sentarse a leer
el diario y a hervir su choclo con
ayuda de un calentador primus, sería
difícil que alguien le vendiera un metro
cuadrado porque en realidad nadie tiene un
metro cuadrado sino muchísimos metros
cuadrados, y vender un metro cuadrado
en mitad o al extremo de los otros metros
cuadrados plantea problemas de catastro,
de convivencia, de impuestos y además
es ridículo y no se hace, qué tanto. Y
cuando Gómez, llevando la reposera
con el primus y los choclos empieza
a desanimarse después de haber recorrido
gran parte de los valles y las colinas,
se descubre que Literio tiene entre dos
terrenos un rincón que mide justamente
un metro cuadrado y que por hallarse sito
entre dos solares comprados en épocas
diferentes posee una especie de personalidad

propia aunque en apariencia no sea
más que un montón de pastos con
un cardo apuntando hacia el norte. El
notario y Literio se mueren de risa
durante la firma de la escritura, pero dos
días después Gómez ya está instalado en
su terreno en el que pasa todo el día
leyendo y comiendo, hasta que al atardecer
regresa al hotel del pueblo donde tiene
alquilada una buena habitación porque
Gómez será loco pero nada idiota y eso
hasta Literio y el notario están prontos
a reconocerlo.

Con lo cual el verano en los valles va
pasando agradablemente, aunque de cuando
en cuando hay turistas que han oído
hablar del asunto y se asoman para mirar a
Gómez leyendo en su reposera. Una noche
un turista venezolano se anima a preguntarle
a Gómez por qué ha comprado solamente
un metro cuadrado de tierra y para qué
puede servir esa tierra aparte de poner
la reposera, y tanto el turista venezolano

como los otros estupefactos contertulios escuchan esta respuesta: «Usted parece ignorar que la propiedad de un terreno se extiende desde la superficie hasta el centro de la tierra. Calcule, entonces».
Nadie calcula, pero todos tienen como la visión de un pozo cuadrado que baja y baja y baja hasta no se sabe dónde, y de alguna manera eso parece más importante que cuando se tienen tres hectáreas y hay que imaginar un agujero de semejante superficie que baje y baje y baje.
Por eso cuando los ingenieros llegan tres semanas después, todo el mundo se da cuenta de que el venezolano no se ha tragado la píldora y ha sospechado el secreto de Gómez, o sea que en esa zona debe haber petróleo. Literio es el primero en permitir que le arruinen sus campos de alfalfa y girasol con insensatas perforaciones que llenan la atmósfera de malsanos humos; los demás propietarios perforan noche y día en todas partes, y hasta se da el caso de una pobre señora que entre grandes lágrimas tiene que correr la cama de tres generaciones de honestos labriegos porque los ingenieros han localizado una zona neurálgica en el mismo medio del dormitorio. Gómez observa de lejos las operaciones sin preocuparse gran cosa, aunque el ruido de las máquinas lo distrae de las noticias del diario; por supuesto nadie le ha dicho nada sobre su terreno, y él no es hombre curioso y sólo contesta cuando le hablan. Por eso contesta que no cuando el emisario del consorcio petrolero venezolano se confiesa vencido y va a verlo para que le venda el metro cuadrado. El emisario tiene órdenes de comprar a cualquier precio

y empieza a mencionar cifras que suben
a razón de cinco mil dólares por minuto,
con lo cual al cabo de tres horas Gómez
pliega la reposera, guarda el primus y el
choclo en la valijita, y firma un papel
que lo convierte en el hombre más rico
del país siempre y cuando se encuentre
petróleo en su terreno, cosa que ocurre
exactamente una semana más tarde bajo
la forma de un chorro que deja empapada
a la familia de Literio y a todas las gallinas
de la zona.

Gómez, que está muy sorprendido, se
vuelve a la ciudad donde empezó su
existencia y se compra un departamento en
el piso más alto de un rascacielos, pues
ahí hay una terraza a pleno sol para leer
el diario y hervir el choclo sin que vengan
a distraerlo venezolanos aviesos y
gallinas teñidas de negro que corren de
un lado a otro con la indignación que
siempre manifiestan estos animales cuando
se los rocía con petróleo bruto.

En vista del éxito obtenido, o los piantados firmes como fierro

No queda más remedio que admitirlo, aunque la cordura lo vitupere: los piantados triunfan, es un hecho comprobado gracias a la considerable correspondencia postal, tanto laudatoria como contumeliosa, que siguió a mi osada introducción a su mundo, sin hablar de nuevas y brillantes manifestaciones meteóricas de diversos piantados, entre los cuales la falta de espacio me obliga a elegir la figura señera de Francisco Fabricio Díaz. Pero antes de inclinarnos ante su genio insular (el muchacho es cubano), dos referencias explicativas. A propósito de correspondencia epistolar, un amigo que trabajaba en el Organismo Internacional de Energía Atómica con sede en Viena, capital de Austria, *recibió* una carta de una piantada catalana cuyo sobre decía:

> Señor Don X. de Z.
> La Bomba Atómica
> Venecia
> AUSTRALIA.

Recibió está justicieramente subrayado; siempre habrá en el correo suficientes cronopios para orientar a las erráticas palomas postales de los piantados. En cuanto al título principal de este serio trabajo, viene de que siendo yo muchacho me contaron que un cuarteto de cuerdas rascadas por exaltantes aficionados con antecedentes teosóficos, dio un concierto en uno de esos llamados «clubs sociales» de nuestros pueblos de campo, donde se juega al póker todo el año y se aguanta a Haydn y a Beethoven una que otra vez para cumplir con el estatuto y sin saber demasiado bien lo que pasa. Este cuarteto produjo un primer movimiento de perceptible complejidad auditiva, dejando bastante estupefacta a la selecta concurrencia que terminó por aplaudir a falta de mejor cosa y porque eso siempre hace circular la sangre. El primer violín saludó conmovido y dijo: «En vista del éxito obtenido, pasaremos al segundo movimiento». El violoncelista, que para asombro general había sacado un paquete de cigarrillos, se levantó hecho una fiera y lo increpó: «¡Ma qué segundo movimiento si yo ya me mandé todo el cuarteto!» A Charles Ives le hubiera encantado estar allí esa tarde, pero el intendente era otra cosa y vaya a saber qué destino tuvieron los piantados, aunque desde luego los rosacruces los habrán protegido como merecían.

Me falta tiempo para dar la palabra a Francisco Fabricio Díaz, que en 1961 produjo un libro-objeto, o polilibro, o libro de uso variable como los que muchos escritores experimentales tratan de realizar hoy en día sin resultados tan definitivos. El título, admitámoslo, es más bien mazacote:

POÉTICO ENSAYO

AL

CONJURO EFLUENTE

CRISTÍFERO

Pero esto no es nada; lo interesante está en que al echarle una ojeada indiferente a la contratapa se tiene la falaz sensación de que la han impreso cabeza abajo; la sensación es correcta, pero lo falaz procede de que no es una contratapa, pues apenas damos media vuelta al volumen por razones de lógica orientación óptica nos vemos frente a una segunda y verdadera tapa a partir de la cual empieza un texto que naturalmente también estaría cabeza abajo con relación al texto que arranca de la primera tapa pero no de la segunda, sin contar que jamás podrá decirse, y eso es bastan-

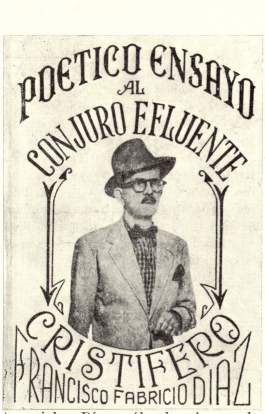

te genial en Díaz, cuál es la primera o la segunda tapa puesto que todo depende de cómo agarremos el volumen; en los dos casos hay tapa y texto, y entonces empieza lo bueno porque ya el astuto lector se habrá dado cuenta de que los dos textos avanzan el uno en dirección del otro, confluyendo hacia el centro del libro; sin embargo, Díaz vela y nos reserva una última sorpresa; no sólo los textos no llegan a encontrarse sino que el centro del libro lo constituyen seis páginas en blanco, verdadera *no man's paper* que puede ser sumamente útil para escribir diversas cosas cristíferas y efluentes emanadas del entusiasmo que nos producirá la lectura del *Poético Ensayo*. Ultima sutileza, que une la economía al encanto: la parte que hemos llamado segunda – simplemente porque hablamos de ella después de la otra – es la traducción al inglés del texto simétrico, lo que se nota por ejemplo en el título de la segunda (o primera) tapa:

POETIC ESSAY
TO THE
CONJURE EFFLUENT
CHRISTIFEROUS

Agreguemos que la tapa inglesa muestra a Jesús como no creo que a él le hubiera gustado, o sea más bien blandengue; en la otra tapa Díaz se ha limitado a poner modestamente su propia fotografía en la que se lo ve con camisa a cuadros, corbata moñito y un funyi de los de mi tiempo; mientras Cristo muestra sus manos laceradas, Díaz tiene la discreción de no mostrar más que una, para que se vea el anillo de oro.

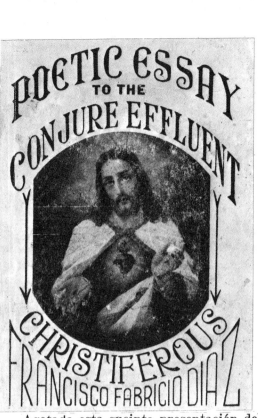

Agotada esta sucinta presentación del polilibro o dos-en-uno, me toca internarme en su glorioso contenido, pero esta tarea tiende a ser ruda porque en tan compleja creación hay de todo aunque no sea muy extensa. Ya situado en relación iconográfica con Jesucristo, el autor no trepida en prolongar las homologías y estampar de entrada varios pensamientos selectos a continuación de otros de José

Martí, y esto nos vale entre diversas cogitaciones una visión melancólica del destino de los grandes:

El mayor porcentage de genios y
[hasta supergenios,
bajan a la tumba desconocidos hasta
[de sí mismos.

Por supuesto Díaz no entiende que ése sea su caso, y luego de unos pecadillos poéticos de los que arranco este botón como muestra,

te emano de casto amor,

llegamos a la *Nota aclaratoria* de la que sería impropio no reproducir los dos primeros párrafos:

El haberme decidido a hacer llegar a mis gentiles lectores este breve ensayo cristífero, en inglés y castellano, sólo tiene el propósito de hacerlo comprensivo al mayor número posible de lectores, preferentemente entre los conglomerados que supongo más dedicados, en la actualidad, a estas tan complejas e insólitas cuestiones. Entre ellas no pocos científicos.

Sépase bien: Este, vuestro autor, no es hombre de letras, ni vive de las letras ni presume de sus letras. Por tanto no es-

tuvo ni está tratando de venderte sus libros. A lo mejor has de recibirlos grátis, al igual que este pequeño avance cristífero, que ahora obséquiote. Si no te lo enviare adjunto o después, el poemario, hermano mayor de este pequeño amor de mis amores, ¡pídemelo!, por favor. No olvides que, al igual o parecidamente a Benvenuto Cellini, el gran metalurgio e inmortal orfebre – a quien admiro preferentemente, soy hombre muy ocupado y dedícome, más que nada, a domeñar los más duros metales al mismo tiempo que, entre ellos mismos, amorosamente creo que (escribo) sólo para ti, querido lector, ¡ESTAS AMOROSISIMAS FRASES! gratuitamente.

Por si la nota aclaratoria no hubiese aclarado gran cosa, Francisco Fabricio que está siempre a las órdenes de la claridad produce un *Préambulo* con arreglo al cual nos enteramos de que: 1) los fantasmas existen; 2) los fantasmas se dejan ver; 3) los fantasmas suelen llamarse expectros (deben ser fantasmas que tosen mucho), y 4) lo único que debe hacer la ciencia para recuperar la santa imagen de Cristo es poner a punto un aparato fotográfico capaz de pescarlo al vuelo en cualquiera de sus frecuentísimas apariciones en casa de Díaz. De paso nuestro amigo hace abundante publicidad a la nueva edición de su poemario Genio, Numen, Amor y Dolor, y sin querer ofendernos declara que tendrá el gusto de proporcionarnos una biografía de Jesucristo, puesto que de lo que se trata es de fofotografiarlo y conviene conocer previamente al modelo como suelen hacerlo de manera más profana los fotógrafos de modas y más de cuatro directores de cine.

A más de dicho poemario « Genio, Numen, Amor y Dolor », que es por donde debes comenzar, querido lector, a interpretar mi argumentación – para luego tú dictaminar y hasta cooperar, quizá conmigo – inclúyote entre las adjuntas planillas, una breve biografía de Cristo[1], a fin de hacer más comprensiva la labor investigativa de dichos acaecidos, y hasta de la simplicidad del procedimiento fotográfico a desarrollar.

Antes de entrar en materia respecto al propósito de obtener, preferentemente, la vívida imagen del Supergenio Mártir del Górgota, a quien yo denominaríalo SUPERGENISTIFERO, y no expectro, ya

---

[1] Suplemento biográfico de Cristo, para ser, también, incluído en la próxima 2da. edición de « GENIO, NUMEN, AMOR Y DOLOR. »

que sólo los pocos máximos genios, fenecidos como él, han logrado pasar – aún totalmente facultados perdurablemente, hacia el mal llamado « Más allá ». Pues lo cierto es que encuéntranse – PARA SUERTE NUESTRA – LIGADOS (ADHERIDOS) AMOROSAMENTE A NUESTRO VIVIDO CONGLOMERADO.

A más del poemario, las 5 planillas y demás documentación, que os obsequio, estimado lector, otórgote mis comentarios, rozando el medio y la posibilidad de obtener, al respecto, el más estupendo cristífero éxito.

Como casi todos los piantados, Díaz tiene mentalidad científica, cosa que casi nunca se da al revés y así nos va por el lado de la bomba, el napalm y otros frutos del Arbol. Atento a las dificultades propedéuticas, no quiere asustarnos con una visión cristífera tan efluente como directa, y elige otro expectro más apacible, que además tiene patillas. He aquí el documento tan textual como expectral :

ENSAYO CON DATOS VERIDICOS, AUNQUE TOTALMENTE MISTICOS, SOLO PARA LOS NO VERSADOS EN ESTAS, EN PRINCIPIO YA FELIZMENTE DOMINADAS MATERIAS,

VEDADAS, DESDE LUEGO, A LA
GENERALIDAD DE LOS MORTALES.

SEPBRE. 4/57 - El Sr. Ramón Ferreiro, Cubano, de la Calzada del Monte No. 1072, en La Habana, fué el que vio, en la puerta contigua a mi despacho (buró) a un anciano con barba o patilla, estando este autor, escribiendo a máquina. De detrás de la pared escuché la voz de dicho Sr. Ferreiro, que supuse se refería a mí. Ya yo parado en la puerta, díjome sorpresiva y emocionadamente: y este señor, ¡dónde se metió! ¿dónde está éste señor de la patilla?

Conste que yo, el autor de esta narración, y partícipe de lo ocurrido, no he usado, jamás, patilla o barba, y ni siquiera he dejado de rasurarme regularmente, por tanto no pudo haberse confundido conmigo, máxime cuando yo encontrábame detrás de la pared de sólida mampostería, de donde salí a recibirlo a él y a sus dos hijos, que acompañabanlo, bastante después (segundos), de haber conversado él, con el místico sujeto [1].

SEPBRE. 11/57 - Una vez más este Sr. Ramón Ferreiro, acompañado esta vez de otro respetable Sr. a los siete días, hízo-

me una nueva compra: 1 tubo garvanizado de 2" × 3 M., valorado en 4.60. Esta vez dijo, delante de dicho señor, que dijo ser químico, «que vio a dicho ser, algo también de detrás de la pared. Díjome, además, que había hecho venir a dicho comerciante químico, en su última compra, para noticiarle – en el mismo lugar de los hechos – el tan insólito acaecido.

La primera compra que hízome, cuando vino con sus niños, ya jovencitos, fue de 4 tubos de 1" × 1.80 M., garvanizados, con sus dos grampas, cada uno. Destinados a tendederas, valuados en 6.00.

*Gentiles lectores: Sea mi opinión, en cuanto a lo conveniente o no, que pudiéranos resultar estas investigaciones, o sólo el osado intento fotográfico, aún en el supuesto de que lográramos íntimamente con llevarnos, si posible fuere, con los mal llamados duendes, espectros (*sic*) o fantasmas.*

En ningún caso de esta índole, llamados misteriosos, que he leído y de que ha tenido noticias este autor ensayista, ja-

---

[1] Supone este autor, visto el tiempo que transcurrió hablando el Sr. Ferreiro con el aparecido, que pudo haber sido lo suficiente para fotografiarlo, estando preparada la cámara fotográfica, posiblemente especial.

*más ha sabido de alguien que haya sido
dañado físicamente o perjudicado en sus
intercambios sociales, por dichos espectros, ni por los que han intervenido seria-
mente en estas cuestiones, aunque facti-
blemente puedan haber sido estafadas o
chantajeadas, no pocas personas, por in-
dividuos impíamente apócrifos.*

*El caso de la planilla No. 3, es bastante
convincente al respecto: Veamos como el
Sr. Ferreiro volvió – aunque acompañado
de su amigo, doctorado, químico – de lo
más contento y, además de hacerme otra
compra, convenció a su amigo de que fue
cierto lo del aparecido con patillas.*

*La opinión de este humilde autor es que
sólo los fenecidos geniales, varones – salvo raras excepciones – como en el insólito caso de María Antonieta, la Reina
Mártir, incomprendida, parangonada casi con Cristo, en cuanto al progresivo por-
tento mental e igual, por consiguiente, a
la ya definitivamente inevitable general
conturbación del ya muy elevado porcen-
taje de sus respectivos mediocres conglomerados* [1] *– eternízanse en el Más Allá.
Es por ello, que pórtanse allí inmacula-
damente, al igual que lo fueron aquí,
aunque posiblemente muéstrense – en
ciertos casos – extravagantes, chistosos o*

divertidos, al conjuro de nuestro quizá infundado temor o exagerada cobardía. Y hasta piadosamente desafectos – como en lo terrenal – con todo aquello rayano en la necedad y hasta en la infamia. Las grandes mentalidades no parecen, y es, por consiguiente, que las más portentosas sólo son aquellas que manifiéstanse límpidamente. Y sólo son captadas – desde luego – por las más supremas sensibilidades. De lo cual dedúcese que recífrocanse.

¡LEASE ESPECIALMENTE EN FRANCIA! Que es lo que he hecho yo, como se ve, para devolver desde allí lo que corresponde por legítimo derecho a Latinoamérica (vieja costumbre mía, por lo demás), proclamando antes de que sea tarde el genio de Francisco Fabricio que me temo no haya sido suficientemente estudiado por nuestros críticos siempre absorbidos por Marcuse, Peter Weiss, John Updike y demás autores que se usan en esta temporada. Pero no nos distraigamos

---

[2] *Aunque este autor continúa estudiando cuidadosamente la biografía de María Antonieta y de su Rey, Luis XVI, con el propósito de editar un nuevo libro, que pudiera, quizá, causar grata expectación. Este autor sugiere a sus lectores lean lo que al respecto relaciónase, parecidamente con Cristo, en GENIO, NUMEN, AMOR Y DOLOR, o en lo poco que en este mismo modesto ensayo refiérese. ¡LEASE ESPECIALMENTE EN FRANCIA!*

porque, siempre efluente, Díaz nos propulsa a vuelta de página (literatura cinética, diría uno de esos críticos) hacia nada menos que el movimiento continuo, cosa que a priori no parece tener mucho que ver con las posibilidades de hacerle una instantánea a Cristo, aunque con Díaz vaya uno a saber, e incluso con Cristo. La cuestión es que:

Permítaseme antes, por favor, a modo de introducción, una breve mención relacionada con el gran Aristóteles: ¿Qué cosa, qué ha acaecido en la Tierra, por grandioso que fuere, a no ser los milagros de nuestro Cristo y algún otro suyo antepasado, posiblemente, tendría tanta trascendencia, comparado con el Movimiento Continuo?

¿Y no sería a ello a lo que en su vorágine instuitiva, y por tanto semi incomprendida, referíase Aristóteles tan repetida e invariablemente? Y su marcada obsesión en sus ponderados movimientos, y sus referencias a las eternas materias y potencias, y a su llamada eterna creación de y con Dios. Más parece, todo ello, relacionarse, íntimamente, a dicho « Movimiento Continuo », o séase el tan pretenso obsesionante conglomerado mecánico, movido con su propia vida, impeli-

da por la nada. Algo tan imposible – según no pocos sabios, no yo, simple mortal, por cierto, como has de ver, gentil lector – que sólo Dios Todo Poderoso, sería capaz de otorgárnoslo con la debida mística potencia.

Helo aquí lo singularmente original, verídico, respecto a dicha similar coincidente dual inventiva: Si mal no recuerdo, fue por el año de 1924 cuando concurrimos mi señora esposa y yo, a la exhibición cinematográfica que húbose efectuado en el Teatro «Campoamor», situado entonces en la calle San Rafael, hoy edificio del Centro Asturiano.

Apenas hubimos tomado asiento, cuando súbitamente húbose estampado en la pantalla la siguiente noticiosa frase: Véanse funcionando, aunque sólo con la mínima fuerza para moverse a sí mismos, los cuatro inventos relacionados y más próximos al Movimiento Continuo. ¡Cuál no sería la tan grata emocional sorpresa de este autor, al escuchar la voz de mi compañera que decíame, enfáticamente, ¡mira, mira tu invento funcionando! Efectivamente, compañero lector, un aro de 16" verticalmente montado en dos cajas de bola, exactamente igual al mío, tres meses antes, totalmente construido aun-

que aún no probado, por estar trasladando mi taller para La Habana, veíase lindamente rodar, como desafiando, ozadamente, al Supremo Poder Divino, en esta cuestión, la más difícil intentada, jamás, por mortal alguno. De dichos tres o cuatro inventos, vistos funcionando allí, recuerdo que, mecánicamente, el más perfecto y de verdadera apariencia motriz, húbonos parecido al que refiérome, simidualmente inventado. Al igual que tantos otros acaecidos, preferentemente la sensacional duplicidad inventiva, relacionada con el primer automóvil marca Ford.

¿Pero quién osaría pretender que el genio de Francisco Fabricio se limita a la esfera (o al aro con bolas) de lo mecánico? Ya lo hemos visto preparando la biografía – que pudiera, quizá, causar grata expectación – de María Antonieta. Una reina trae la otra y por eso, enterado de que la soberana de Inglaterra ha ido al Canadá para convencer a súbditos quizá escépticos de su real existencia en el doble sentido de la palabra, Díaz le manda una carta dándole nada menos que paternales consejos de oratoria y elocución. Inútil agregar que la soberana acata tan precioso auxilio para la mayor gloria del Commonwealth, como lo prueba incontrovertiblemente la respuesta que nuestro amigo se apresura a reproducir textualmente:

*CASA DEL GOBIERNO
OTTAWA (Canadá)*

10 de agosto de 1959

*Sr. Francisco Fabricio Díaz
Cristina 206-208
La Habana
CUBA.*

*Estimado señor:
Su Majestad La Reina, me ha encargado que acuse recibo de la carta de usted del 6 de julio último.
Su Majestad La Reina, me ha encargado agradecida a usted por su sugerencia en relación con discursos públicos, y también desea que yo dé a usted las gracias por los recortes de periódicos que usted adjuntó.
Sinceramente de usted,
(Firma) P. S. BURT
Funcionario Administrativo.*

Pero ya se sabe que la pérfida Albión se insinúa en nuestras tierras por las vías más inesperadas, y Francisco Fabricio descubre que sus esperanzas de una fotografía expectral cristalizan nada menos

que en la persona de Tony Armstrong,
quien después de haber fotografiado a toda la familia real puede muy bien condescender a tomarle unas poses a Jesucristo.
Y ahí nomás un cable que aunque sólo sea
por lo que debió costarle merece nuestro
respeto más efluente:

RADIOTELEGRAMA

RELACIONADO CON ESTE
POETICO ENSAYO CRISTIFERO

LA HABANA, 18 DE NOVBRE. /60
GB HV 907

HABANA 127/124 18 1229 PM EST
VIA RCA

LT ANTHONY ARMSTRONG
Y ALTEZA

DOÑA MARGARITA ROSA,

BUCKINGHAM PALACE,
LONDON

EXTENSIVO
A SU MAJESTAD
E ILUSTRE CONYUGE

EN SUPUESTO QUE ADEMAS DE EFLUENTEMENTE CRISTO MOSTRARASE PLENALUZ VIVIDAMENTE PROPICIO INTERROGATORIO NUEVAMENTE SERIA FACTIBLE FOTOGRAFICAMENTE CAPTAR SU TAN PRECIOSA IMAGEN PUNTO SI OS INMORTALIZASTEIS LINDISIMO PERFIL DE VUESTRA AUGUSTA AMADA SEGUN NOTICIO POETA PORQUE NO-VOS SABEDOR TAMBIEN DE LAS MISTICAS CAPTACIONES DE LA LENTE IDENTICAS Y NO Y HASTA RIDICULAS A VECES EN UNA MISMA PERSONA PUNTO COMPARAD MEDITADAMENTE PUNTO EDITASE CASTELLANO INGLES POETICO ENSAYO AL RESPECTO PUNTO OS RATIFICO AEREO MENSAJE AL BRITANNIA ALTA MAR MAYO NUEVE INSPIRADO AL CONJURO DE NUESTRA HECHICERA TRICOLOR LA MAS PRECIOSA BANDERA PUNTO RESPETOS A MADRECITA REINA E INFANTITOS.

    FRANCISCO FABRICIO DIAZ
    AV. DE MEXICO 206-208
    HABANA

Cualquiera que haya admirado a lo largo de su vida los sombreros de la madrecita reina, puede deducir la emoción que este cable habrá ocasionado en el seno de tan romántica familia; lástima que se olvidaron de acusar recibo como la otra vez, porque nos privaron de las cristíferas consecuencias que no hubiera dejado de sacar Díaz de esa prueba de su intimidad con Tony y las chicas de Buckingham Palace. Por lo que toca a Tony, que a su manera debe ser también bastante piantado, a lo mejor todavía nos sale con una foto en colores de Cristo; imaginen los que puedan hacerlo sin vértigo la suma que le ofrecerá *Life* por el retratito.

No nos despediremos de Francisco Fabricio sin dejarle por última vez la palabra, que resuena con un dejo melancólico y gnómico:

Si el imbécil desapareciera de la Tierra
desierto el mundo quedaría.
Son tan pocos los sabios que me aterra
seguir viviendo todavía.

N.B. - A último momento descubro que las partes en español y en inglés del Poético Ensayo disimulan una nueva sorpresa. *Las poesías* que contienen son diferentes, multiplicándose así las fecundas posibilidades del libro en manos de un lector capaz de favorecer la alquimia de lo aleatorio. Pero, atento a la frágil arquitectura del verbo poético, Díaz no se sale del español en terreno poético, y previene a su lector en inglés:

I do it in Spanish, because, as you know, when translated into another language they would loose a great deal of dear neat poetical musicalization.

Lo cual hubiera sido el caso, en efecto, de esta enérgica confesión necrofílico-amorosa:

Yo quisiera, divina mujer,
Tu precioso regazo palpar,
Para henchido de gozo beber
En tus labios ansiosos de amar.

Si dichoso lograra obtener
El deleite tan solo de estar
Un instante atado a tu ser,
Yo jamás a otra hembra habría de amar.

Mas, si mi cruento dolor persistiere
Por tu impío desdén hacia mí,
Amoroso cavando   para ti!
En mi huesa un regazo de amor,
En que hermosa a mi lado estuvieres
* Mitigando mi macho dolor!*

Ahora se comprende mucho mejor la camisa a cuadros, la corbata moñito y el sombrero de ala gacha, sin hablar del anillo. ¡Ah, pibe!

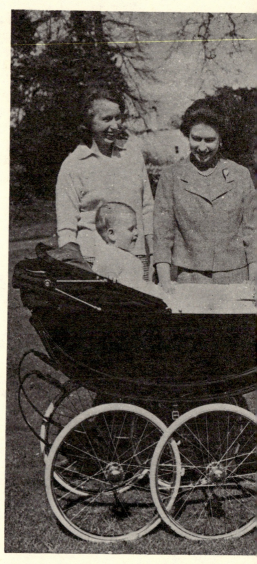

Enterada por su cuñado y por doña Margarita Rosa del telegr mar al padrecito consorte y a los infantitos, en cuyos rostr dades de captación de la lente.

e Francisco Fabricio Díaz, la madrecita reina se apresura a infor-
ácil advertir el entusiasmo provocado por las místicas posibili-

La muñeca rota

A lo mejor estas páginas interesan a un cierto género de lectores de *62*, en la medida en que les definirán mejor algunos rumbos o les multiplicarán las incertidumbres, maneras quizá equivalentes de llegar a un mismo destino cuando se navega por aguas de doble filo.

Es sabido que toda atención funciona como un pararrayos[1]. Basta concentrarse en un determinado terreno para que frecuentes analogías acudan de extramuros y salten la tapia de la cosa en sí, eso que se da en llamar coincidencias, hallazgos concomitantes – la terminología es amplia. En todo caso a mí me ha ocurrido siempre cumplir ciclos dentro de los cuales lo realmente significativo giraba en torno a un agujero central que era paradójicamente el texto por escribir o escribiéndose. En los años de *Rayuela* la saturación llegó a tal punto que lo único honrado era aceptar sin discusión esa lluvia de meteoritos que entraban por ventanas de calles, libros, diálogos, azares cotidianos, y convertirlos en pasajes, fragmentos,

---

[1] Al igual que la distracción. En « Cristal con una rosa dentro » (p. 98) se intenta mostrar una experiencia que habría de ser más tarde el núcleo de *62*.

capítulos prescindibles o imprescindibles de eso otro que nacía alrededor de una oscura historia de desencuentros y de búsquedas; de ahí, en gran medida, la técnica y la presentación del relato. Pero ya en *Rayuela*, previsoramente, se aludía al consejo de Gide de que el escritor no debe aprovecharse jamás del impulso adquirido; si 62 había de intentar años después una de las posibles vías allí sospechadas, era preciso que lo hiciera inauguralmente, provocando y asumiendo los riesgos de una tentativa por completo diferente. Nada tengo que decir sobre el fondo del libro, que el lector probablemente conoce de sobra; y sin embargo es posible que ese mismo lector no haya advertido que su escritura prescindía de toda adherencia momentánea, que las remisiones a otros puntos de vista, las citas de autores o hechos simpáticamente ligados a la trama central, habían sido eliminadas con vistas a una narración lo más lineal y directa posible. Es raro que los personajes aludan a elementos literarios ajenos o a textos que su situación momentánea parafrasea: todo se reduce a alguna referencia a Debussy, un libro de Michel Butor, una mención bibliográfica concerniente a la condesa Erszebet Bathori, vampira. Cualquiera que me conozca deberá admitir que esta búsqueda de litera-

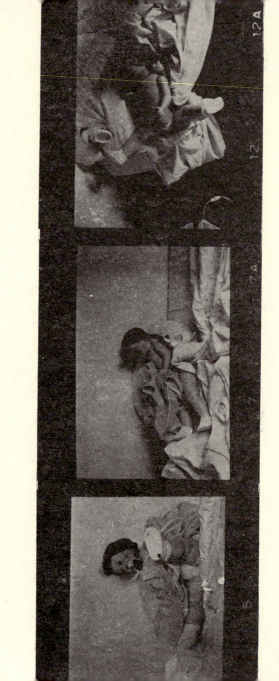

lidad no era fácil. En mi memoria, en lo que me sucedía diariamente mientras escribía la novela, en los sueños y en los encuentros, la atención puesta en ese territorio determinado se traducía una vez más en lluvia de meteoritos, en coincidencias inquietantes, en confirmaciones y paralelismos. De ellos quisiera hablar aquí, porque cumplida la promesa que me había hecho a mí mismo de escribir sin incorporarlos al texto, puedo darme el gusto de mostrar a quienes comparten este género de vivencias un rincón de la cocina del escritor, sus encuentros con los destiempos y los desespacios que son lo más real de la realidad en que se mueve.

Al principio, cuando esa especie de danza ceremoniosa que cumplen los personajes sin saberlo demasiado estaba todavía como larvada en un texto que difícilmente se abría paso en su especial territorio, las ocasionales lecturas del momento empezaron a rezumar indicios inequívocos. *La mise à mort*, de Aragon, por ejemplo, este fragmento que saltó de la página como un murciélago:

Una novela para la que no tenemos clave. Ni siquiera se sabe quién es el héroe, positivo o no. Hay una serie de encuentros, de gentes que uno olvida apenas las ha

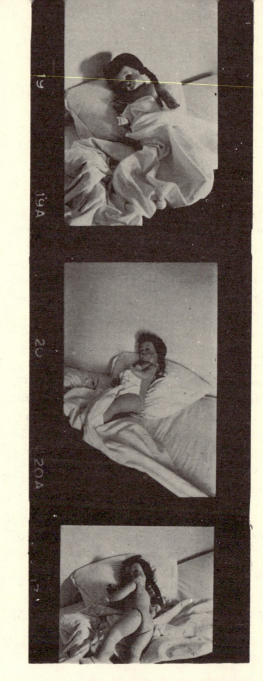

visto y de otras gentes sin interés que reaparecen todo el tiempo. Ah, qué mal hecha está la vida. Uno trata de darle una significación general. Uno trata. Pobre diablo.

Aragon hablaba de *La mise à mort*, pero yo comprendí que esas palabras eran el más perfecto epígrafe para mi libro. Ya he dicho que decidí dar el texto desnudo, no sólo por ir a contrapelo de *Rayuela* (y de esos lectores que siempre esperan «Veinte años después» cuando han terminado «Los tres mosqueteros») sino porque preveía la hora en que podría escribir unas páginas *post facto* donde esos encuentros y muchos más incidirían desde otros ángulos en el libro, puesto que el lector los conocería antes o después de aquél y, en todo caso, en circunstancias físicas y psicológicas diferentes. Vale la pena hacer un paréntesis para recordar que las interacciones de la vida y de la lectura son apenas tenidas en cuenta por el novelista, un poco como si solamente él y sus criaturas estuvieran metidos en el continuo espacio-tiempo y su lector fuese en cambio una entidad abstracta que sostendrá en algún momento un paquete de doscientas cincuenta páginas entre los dedos de la mano izquierda y dispondrá de un tiempo corrido para agotarlas. Demasiado sé hasta qué punto las irrupciones cotidianas alteran, desazonan, y a veces inventan o destruyen mi trabajo; ¿por qué no transmitir, entonces, esas intermitencias o rupturas al lector y darle, antes o después del juego principal, algunas piezas complementarias del modelo para armar? (Hay más: en las buenas épocas de los folletines, los novelistas hubieran podido valerse de que el lector viviría días o semanas insertables entre capítulo y capítulo de esas otras vidas fabulosas por las que a su vez corría una duración diferente. ¿Por qué no tener en cuenta *la otra historia* de esos intervalos? He buscado en Dickens, en Balzac o en Dumas el posible aprovechamiento de esa situación a la vez peligrosa y privilegiada, sin encontrar indicios concluyentes. Un Dickens, sin embargo, sabía que sus lectores de los Estados Unidos esperaban ansiosos en el puerto la llegada del barco que les traería los últimos episodios de *The Old Curiosity Shop*, y que mucho antes de que echaran los cabos de amarre se alzaba en los muelles la pregunta augustiada a los de a bordo: «¿Ha muerto la pequeña Nell?»).

Vaya a saber qué curiosos cambios de rumbo puede tener el recuerdo de un libro, su fantasma ya adelgazado, si el autor espera al lector en otra vuelta de la tuerca con una vela encendida en la mano o unas páginas sueltas; su mutua relación, en todo caso, ¿no será más entrañable, no anulará mejor ese hiato hostil entre texto y lector, como el teatro actual lucha por anular el hiato entre escenario y platea? Por cosas así me pareció que si bien el lector de *62* tendría que situarse en el especial devenir del libro (allí la diacronía, la sucesión temporal carece de validez por la índole misma de lo que se cuenta, sin que deje de operar una causalidad dentro de una duración que cabría llamar «afectiva» en el sentido en que Julien Benda hablaba de lógica afectiva frente a la puramente intelectual y que es en realidad una sincronía por la que el relato alcanza su coherencia interna), tampoco era inútil que más tarde yo le facilitara algunas de las inter, re, trans y preferencias que me habían acuciado mientras escribía y que en aquel entonces eliminé deliberadamente. Los versos de Hölderlin, por ejemplo, leídos en los días en que Juan entraba en el restaurante Polidor y una muñeca empezaba a cumplir su derrotero cargado de desgracia, unos mínimos versos de Hölderlin loco repetidos en mi memoria hasta la exasperación:

Pero los tiempos, sin embargo,
los interpenetramos:

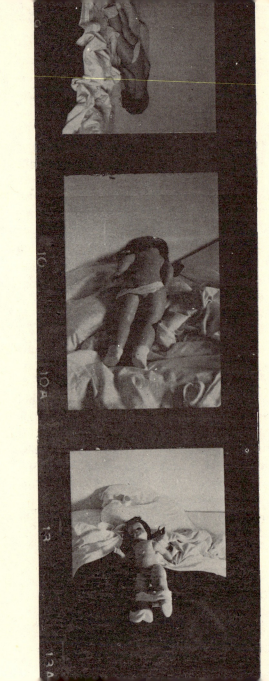

Demetrio Poliorcetes,
Pedro el Grande.

Scardanelli había alcanzado a tocar, a vivir esa hora en la que los tiempos se enlazaban y consumían como el humo de diferentes cigarrillos en un mismo cenicero, y Demetrio Poliorcetes coexistía con Pedro el Grande así como en esos días era frecuente que algún personaje mío que vivía en una ciudad saliera a caminar con alguien que quizá estaba en otra. Y no podía parecerme insólito que en esa época, leyendo *Pale Fire*, de Vladimir Nabokov, un pasaje del poema se adelantara a mi tiempo, viniendo desde el pasado de un libro ya escrito para describir metafóricamente un libro que empezaba apenas a hincarse en el futuro, un pasaje que no se dejaría traducir y que es éste:

But all at once it dawned on me that this
Was the real point, the contrapuntal
[*theme;*
Just this: not text, but texture; not the
[*dream*
But topsy turrical coincidence,
Not flimsy nonsense, but a web of sense.
Yes! It sufficed that I in life could find
Some kind of link-and-bobolink, some
[*kind*

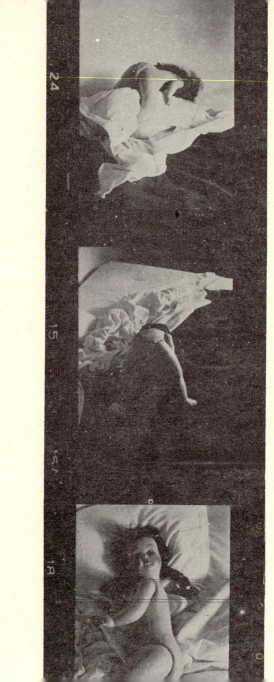

*Of correlated pattern in the game,
Plexed artistry, and something of the
   [same
Pleasure in it as they who played it
   [found.
It did not matter who they were. No
   [sound,
No furtive light come from their invo-
   [lute
Abode, but there they were, aloof and
   [mute,
Playing a game of worlds, promoting
   [pawns
To ivory unicorns and ebon fauns —*

. . . .

*... Coordinating there
Events and objects with remote events
And vanished objects. Making ornaments
Of accidents and possibilities.*

Todo se daba allí como palabras de oráculo: *Not text but texture*. La conciencia de que la trama debía dar el texto en vez de ser éste quien tejiera convencionalmente la trama y estuviera a su servicio. Y así entonces encontrar *some kind of correlated pattern in the game*, la estructura del juego que coordinara naturalmente *events and objects with remote events and vanished objects*. Dentro de esa perspectiva se había tendido desde mucho tiempo atrás la razón de ser de 62, exploración de lo exploratorio, experimento de la experimentación, y todo ello sin renunciar a la narrativa, a la organización de otro pequeño mundo donde pudiéramos reconocernos y divertirnos y andar junto a Feuille Morte y naufragar con Calac y Polanco. Pero exactamente entonces, por supuesto, tenía que llegarme a las manos un texto de Felisberto que no conocía (estos uruguayos esconden sus mejores cosas), y en él un programa de trabajo que vendría a darme la razón en la hora de la más extrema duda. « No creo que solamente deba escribir lo que sé», decía Felisberto, « sino también lo otro ». Frente a una narración en la que una ruptura de todo puente lógico y sobre todo psicológico había sido condición previa de la experiencia, frente a un tanteo muchas veces exasperante por la renuncia deliberada a los puntos de apoyo convencionales del género, la sentencia de Felisberto me llegaba como una mano alcanzándome el primer mate amargo de la amistad bajo las glicinas. Comprendí que teníamos razón, que había que seguir *adelantándose*. Porque « lo otro », ¿quién lo conoce? Ni el novelista ni el lector, con la diferencia de que el novelista *adelantado* es aquél que entrevé las puertas ante las cuales él mismo y el lector futuro se detendrán tanteando los cerrojos y buscando el paso. Su tarea es la de alcanzar el límite entre lo sabido y lo otro, porque en eso hay ya un comienzo de trascendencia. El misterio no se escribe con mayúscula como lo imaginan tantos narradores, sino que está siempre *entre*, intersticialmente. ¿Acaso conocía yo lo que iba a ocurrir después que Marrast enviara el anónimo a los Neuróticos Anónimos? Sabía algunas cosas, que el orden burocrático y estético del Courtauld Institute se vería perturbado por esa acción insensata y a la vez necesaria y como fatal dentro del mecanismo del relato (*a web of sense!*); pero en cambio ignoraba que Nicole se entregaría a Austin cien páginas después, y eso era parte de «lo otro» que esperaba su momento al término de «lo sabido».

Ese sentimiento de porosidad virtual, de que lo único capaz de permitir el *adelanto* era provocar irrupciones intersticiales sin la pretensión de abarcar la entera superficie de la esponja fenoménica, se vio maravillosamente iluminada en esas semanas por un texto indio, la estrofa 61 del *Vijñana Bhairava* que había encontrado en una revista francesa: « En el momento en que se perciben dos cosas, tomando conciencia del intervalo entre ellas, hay que ahincarse en ese intervalo. Si se eliminan simultáneamente las dos

cosas, entonces, en ese intervalo, resplandece la Realidad ». En el modesto, pequeño mundo de la novela que veía hacerse noche a noche, muchos intervalos (que yo había llamado intersticios y que valían tanto para el espacio como para el tiempo, repercusiones a la distancia, relampagueantes *gestalt* en que una rápida curva cerraba un dibujo hasta entonces irreconocible y lo convertía en una explicación de Hélène o un acto de Tell o de Juan) se iban llenando de realidad, eran la realidad revelada por el texto indio. Y entonces (pocos me creerán, parecerá más « lógico » imaginar que he buscado librescamente estos armónicos), una frase de Maurice Merleau-Ponty vino a justificar en mi propio terreno, el de la *significación*, la forma meramente receptiva y abierta a cualquier sorpresa en que yo seguía escribiendo un libro del que no sabía casi nada. « El número y la riqueza de las significaciones de que dispone el hombre », dice Merleau-Ponty a propósito de Mauss y de Lévi-Strauss, « exceden siempre el círculo de los objetos definidos que merecen el nombre de significados. » Y a continuación, como si me ofreciera un cigarrillo : « La función simbólica debe adelantarse siempre a su objeto y sólo encuentra lo real cuando se le adelanta en lo imaginario... »

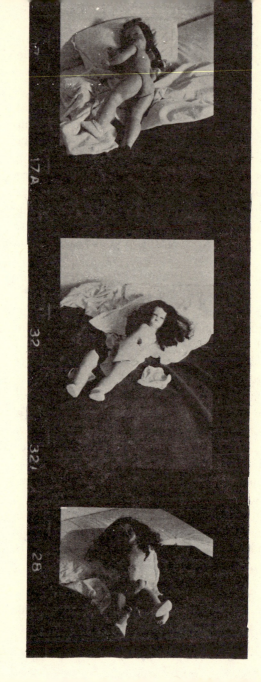

Cosas así, claro, yo las hubiera incorporado inmediatamente al libro en los tiempos de *Rayuela*. Sobre todo un episodio turístico que me ocurrió en el norte de Italia aunque no en la carretera de Venecia a Mantua cerca de unas casas rojas sino en la cuesta que lleva de Cernobbio a Crotto. (Análogamente, la estrofa del texto indio es la 61, no la 62...). A mitad de camino, mirando el lago de Como engastado en lo hondo, di con una casa en cuya entrada había una de las inscripciones más miserables que hayan nacido del mundo pequeñoburgués:

> Porta aperta per chi porta
> Chi non porta parta

¿Podía acaso sospechar el harpagonesco inventor de este sucio juego de palabras, a quien imaginaba agazapado como una gorda araña desconfiada entre prosciuttos y quesos cacciacavallo, que también él podía valer como un tiro de dados ajeno? Yo había llegado hasta su casa con esa distracción receptiva de lo ambulatorio en que la reflexión y las sensaciones confunden sus límites en una sola vivencia, y precisamente en esos días Marrast iba a escribir la carta al club de los neuróticos anónimos para que investigaran el supuesto misterio del tallo de *hermodactylus tuberosis*. Con los ojos de Marrast leí la placa innoble y la entendí de otra manera, subí hasta Crotto diciéndome que los juegos de palabras escondían una de las claves de esa realidad por la que vanamente inquiere el diccionario frente a cada palabra suelta. Sólo el que trajera algo consigo encontraría la puerta abierta, y por eso el novelista que proponía la puerta de *lo otro* (Marrast iba a proponerlo concretamente a los neuróticos anónimos) tendría el acceso inicial puesto que lo que traía era precisamente la puerta, el agujero abierto hacia el misterio; el hecho de *portar* se fundía con la noción misma de la puerta entre Cernobbio y Crotto, entre Cortázar y Marrast.

Meses después, en Saignon que encrespa sus rocas sobre Apt, la Apta Iulia de las legiones de Augusto donde una vez hice luchar a Marco contra un reciario nubio, empecé a entrar poco a poco en la noche del hotel del Rey de Hungría, obstinándome en no ceder a una facilidad Monk Lewis o Sheridan Le Fanu y en cambio dejar que Juan viviera su extraña aventura con la displicencia escéptica de todo argentino bien viajado. Entre las lecturas que me había traído de París venía un número de esa inconcebible revista llamada *The Situationist*, de la que lo menos que puede decirse es que está escrita por obsesos, gran mérito en una época en que las revistas literarias tienden a la cordura en un grado que roza lo luctuoso. Dedicado nada menos que a la topología de los laberintos, el número traía textos de Gaston Bachelard y entre ellos el siguiente, cuya inclusión en mi libro hubiera iluminado *a giorno* el hotel del Rey de Hungría y tantos otros hoteles de 62: « Un *analysis situs* de los instantes activos puede desinteresarse de la longitud de los intervalos, así como el *analysis situs* de los elementos geométricos se desinteresa de su magnitud. Lo único que cuenta es su agrupación. Existe entonces una causalidad del orden, una causalidad de grupo. La eficacia de esa causalidad es más sensible a medida que asciende hacia las acciones más compuestas, más inteligentes, más vigiladas...»

Vaya uno a decirlo mejor, a creerlo más firmemente, a clavarlo con más eficacia en el cartón de la literatura. Y por si fuera poco, esta yapa que resumía la deliberada fluctuación temporal de mi libro: « Toda duración es esencialmente polimorfa; la acción real del tiempo reclama la riqueza de las coincidencias...»

Y ahora, para ir llegando al término de estas rutas paralelas, me acuerdo de la

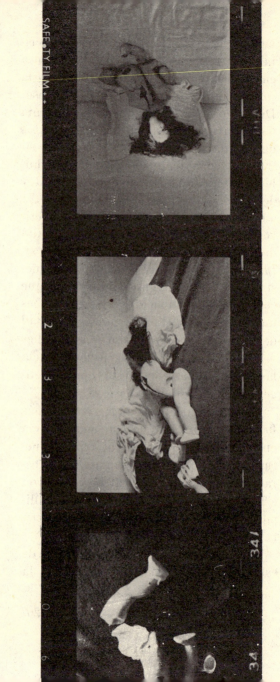

mañana en que terminé 62. Me había levantado a las seis, después de un mal sueño, para escribir las últimas páginas, y vi hacerse el final del libro con una sorpresa ya casi familiar y recurrente, porque en mis cuentos o mis novelas me ocurre que hay como un brusco golpe de timón en los últimos momentos de trabajo, todo se organiza de otro modo y de pronto me quedo fuera del libro, mirándolo como a un bicho raro, comprendiendo que debo escribir la palabra FIN pero sin fuerzas para hacerlo, huérfano del libro o él huérfano de mí, los dos desamparados, cada uno ya en su mundo a pesar de lo que luego se corrija o se cambie, dos órbitas diferentes, apretón de manos en una encrucijada, que te vaya bien, adiós. Y entonces cebé un mate, desconcertado y hueco, fumé mirando subir el sol sobre Cazeneuve, jugué un rato con Teodoro W. Adorno que siempre venía a esa hora en busca de leche y arrumacos, y en el tercer cigarrillo me dieron ganas de leer a Rimbaud y entre dos zarpazos de Teodoro lo abrí en *Les déserts de l'amour* y caí en un fragmento que no podía ser que estuviera también, como yo ahora, del otro lado de la palabra FIN, a tal punto continuaba las visiones de esas últimas horas de trabajo:

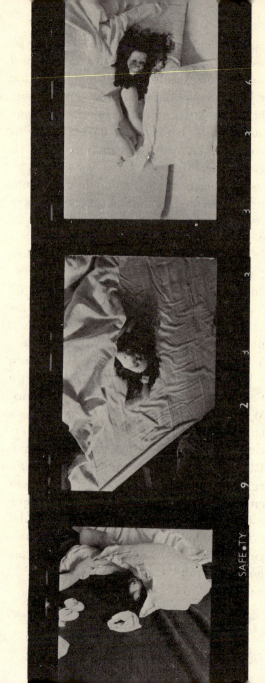

Je sortis dans la ville sans fin. O fatigue! Noyé dans la nuit sourde et dans la fuite du bonheur. C'était comme une nuit d'hiver, avec une neige pour étouffer le monde décidément. Les amis, auxquels je criais: où reste-t-elle, répondaient faussement. Je fus devant les vitrages de là où elle va tous les soirs: je courais dans un jardin enseveli. On m'a repoussé. Je pleurais énormement, à tout cela. Enfin, je suis descendu dans un lieu plein de poussière, et, assis sur des charpentes, j'ai laissé finir toutes les larmes de mon corps avec cette nuit. Et mon épuisement me revenait pourtant toujours.

Era Juan buscando a Hélène hacia el final, era Nicole en el muelle de la ciudad, era yo sintiendo caer desde lo más hondo el guante infinitamente pesado de ese paquete atado con hilo amarillo que iba a romperse una vez más bajo el cuerpo de una mujer asesinada. Ya no pudo sorprenderme que pocos días después, Aragon que había abierto este concilio de fuerzas en torno a mi libro, me dijera desde un poema:

Laisse-les ouvrir le ventre à leurs jouets
　　　　　　　　　　[saccager les roses
Je me souviens je me souviens de
　　　　　　　[comment tout ça s'est passé.

Poesía permutante

A Raymond Queneau, ni qué hablar.

Noticia:

Estos juegos fueron comenzados en Delhi, en casa de Octavio Paz y en una oficina de las Naciones Unidas, de febrero a marzo de 1967. Paz, que entonces trabajaba en sus **Topoemas**, analizó conmigo la primera tentativa, **720 círculos**. Los poemas restantes fueron naciendo sobre todo en aviones, porque la inmovilidad forzosa, la mesita de plástico y la levitación de un asiento a diez mil metros de altura favorecieron siempre estas barajas armadas a base de un pequeño block y de rotundos whiskys.

Digo juegos con la gravedad con que lo dicen los niños. Toda poesía que merezca ese nombre es un **juego**, y sólo una tradición romántica ya inoperante persistirá en atribuir a una inspiración mal definible y a un privilegio mesiánico del poeta, productos en los que las técnicas y las fatalidades de la mentalidad mágica y lúdica se aplican **naturalmente** (como lo hace el niño cuando juega) a una ruptura del condicionamiento corriente, a una asimilación o reconquista o descubrimiento de todo lo que está al otro lado de la Gran Costumbre. El poeta no es menos «importante» visto a la luz de su verdadera actividad (o función, para los que insistan en esa importancia), porque jugar poesía es jugar a pleno, echar hasta el último centavo sobre el tapete para arruinarse o hacer saltar la banca. Nada más riguroso que un juego; los niños respetan las leyes del barrilete o las esquinitas con un ahinco que no ponen en las de la gramática. En mi caso el principio general consistió en escribir textos cuyas unidades básicas (que no hay que confundir con las que abundaban en la Argentina hacia 1950) puedan ser permutadas hasta el límite del interés del lector o de las posibilidades matemáticas. El poema se vuelve así circular y abierto a la vez; barajando las estrofas o unidades, se originan diferentes combinaciones; a su turno, cada una de éstas puede ser leída desde cualquiera de sus estrofas o unidades hasta cerrar el círculo en uno u otro sentido.

Razones obvias (por ejemplo, el suicidio de un editor frente a un presupuesto) impiden presentar aquí los poemas en páginas sueltas, que facilitarían el barajar del naipe; sin embargo me parece que estas persianitas de la planta baja se prestan bastante bien a abrirlas y cerrarlas en todas direcciones, y al final es casi lo mismo; como cada poema comporta unas pocas unidades básicas, el lector no tardará en recorrerlo dentro de las combinaciones que elija; del poema y de él dependerá que esas combinaciones le traigan diferentes aprehensiones de un contenido siempre virtual y siempre disponible. A lo mejor no pasa nada y el poema es siempre el mismo; también esto me parecería interesante.

Unas pocas observaciones. El orden en que está impreso cada poema no sigue necesariamente el de su escritura original, que no tiene importancia puesto que no es más que una de las múltiples combinaciones de estas estructuras; cualquiera que se ejercite en la técnica aleatoria verá que la única manera consiste en trabajar con hojas sueltas y después, frente a una serie de unidades básicas, analizar estrictamente todas las permutaciones posibles para verificar los puentes lógicos, sintácticos, rítmicos y eufónicos que aseguren la viabilidad de las múltiples secuencias posibles. En esto reside la dificultad instrumental más fascinadora, porque cada unidad debe ser capaz de recibir satisfactoriamente a la precedente (que puede ser, por supuesto, cualquiera de las demás) y pasar la antorcha no menos satisfactoriamente a la que le siga (ídem). Esto no es simple, y un poema de cinco estrofas, por dar un ejemplo, me llevó todo un vuelo de Teherán a París, sólo interrumpido por un almuerzo y una nena que tendía a arrancarme las páginas para dibujar una especie de vaca azul llena de patas y de ubres.

Como lo sabe todo poeta, la verdadera «inspiración» consiste en **llegar** al verso, a la estrofa y al poema definitivo, ya sea de rondón, como muy bien puede ocurrir, ya sea después de una larga combinatoria interna; en este caso se trataba de **verbalizar** una intención de poema de manera tal que cada unidad básica se enlazara impecablemente con todas las otras ordenadas por el azar o la voluntad del lector. Sintácticamente la cosa no es fácil, incluso por motivos pedestres; por ejemplo, si una de las unidades básicas contiene términos, imágenes o rimas que se repiten en otra unidad básica, hay que eliminarlos en uno de los dos casos, porque su eventual contigüidad volvería imperfecto o monótono el desarrollo; así, cada unidad básica exige algo por completo diferente que a la vez debe ser parte de la unidad total del poema. Por supuesto no he agotado todas las combinaciones posibles de estos ensayos, pero es evidente que trabajar sobre veinte o treinta secuencias diferentes del poema permite eliminar el peligro mayor de las rupturas formales o significativas y dejar tendidos los puentes que enlazarán las más variadas permutaciones.

Se notará que los poemas aquí incluidos se dan dentro de formas tradicionales: cuartetos de endecasílabos (con rima consonante o asonante) y de eneasílabos con rima asonante (todos ellos dentro del esquema ABBA), y que el contenido verbal se adecúa estéticamente – ¿por qué no decir también históricamente? – a esas formas lujosas y envejecidas y desacreditadas. Yo soy un viejo poeta y esas formas me son naturales y familiares, aunque haya guardado inédito casi todo lo escrito en esa línea a lo largo de más de treinta y cinco años; hubiera sido un error privarme de algo que, como a Martín Fierro las coplas, me nace como agua de manantial (posteriormente filtrada y embotellada, por supuesto), porque moviéndome en un territorio connatural me resultaba mucho más fácil concentrar la atención en el proceso permutatorio que me interesaba en estas experiencias. Desplazando la cosa a otro territorio, ensayé el **Homenaje a Alain Resnais** y la pequeña estructura titulada **Antes, después**; estoy convencido de que hay ahí posibilidades nada comunes, pero no he tenido la paciencia de seguir adelante.

Ultima observación: aunque en los poemas hay comas en el cuerpo de las estrofas, se advertirá que éstas terminan casi siempre sin coma para facilitar el enlace con la siguiente, enlace que muchas veces no sería posible si una coma quebrara el puente; sin embargo, el lector verá que en otros casos la coma puede ser necesaria, y deberá suplirla mental y sobre todo auditivamente; he ahí, una vez más, la colaboración que le pido en cualquier cosa que hago.

HOMENAJE A ALAIN RESNAIS

tras un pasillo y una puerta

que se abre a otro pasillo, que

sigue hasta perderse

desde un pasaje que conduce

a la escalera que remonta

a las terrazas

donde la luna multiplica

las rejas y las hojas

hasta una alcoba en la que espera

una mujer de blanco

al término de un largo recorrido

más allá de una puerta y un pasillo

que repite las puertas hasta el límite

que el ojo alcanza en la penumbra

por un zaguán en el que hay una puerta cerrada, que vigila un hombre en una operación combinatoria

en la que el muerto boca abajo

es otra indagación que recomienza

ante un espejo que denuncia

o acaso altera las siluetas

VIAJE INFINITO

para el que con su incendio te ilumina,

cósmico caracol de azul sonoro,

blanco que vibra un címbalo de oro,

último trecho de la jabalina,

la mano que te busca en la penumbra

se detiene en la tibia encrucijada

donde musgo y coral velan la entrada

y un río de luciérnagas alumbra,

sí, portulano, fuego de esmeralda,

sirte y fanal en una misma empresa

cuando la boca navegante besa

la poza más profunda de tu espalda,

suave canibalismo que devora

su presa que lo danza hacia el abismo,

oh laberinto exacto de sí mismo

donde el pavor de la delicia mora

agua para la sed del que te viaja

mientras la luz que junto al lecho vela

baja a tus muslos su húmeda gacela

y al fin la estremecida flor desgaja

HOMENAJE A MALLARMÉ

donde la boca que te busca

sólo te encuentra si está sola

bajo las crueles amapolas

de esa batalla en plena fuga

y el juego en el que cada espejo
miente otra vez lo ya mentido,
y con los ecos del vacío
tañe la música del tiempo

para que el ojo enajenado

vea en la flor un mero signo

allí donde cualquier camino

devuelve al mismo primer paso

como el caballo que denuncia

con el terror frente a su sombra

el simulacro de esa forma

que el hombre viste de hermosura

Este libro no será lo que es si no hubiera contado con el aporte de fotografías y dibujos facilitados voluntaria o involuntariamente por una gran cantidad de cronopios y por el azar siempre presente en estos juegos. El autor y el diseñador tienen mucho que agradecerles, como puede verse por la lista siguiente, impresa con la tinta de la amistad y la alegría.

Julio Cortázar, cinetizado por *Pol Bury* (foto Pic).

Descripción de un combate: *Fotos anónimas.*
L'histoire d'O avant la lettre: De la película de. *Kenneth Anger.*
Uno de tantos días de Saignon: Fotos de *Julio Cortázar.*
Ultima foto: *René Burri/Magnum*, del libro "El gaucho", Muchnik Editores, Buenos Aires.
Mal de muchos: Foto del Centro Cultural Norteamericano (París).
Del cuento breve y sus alrededores: Fotos de *Rick Levy, Joe Kirkish, Douglass Kneedker* y *Richard Zaris.*
El Tesoro de la Juventud: Grabados anónimos.
Noticias del mes de Mayo: Fotos de *Antonio Gálvez.*
Turismo aconsejable: Fotos de la película "Calcuta", de *Luis Malle.*
Casi nadie va a sacarlo de sus casillas: Fotos de *Julio Cortázar* y *Antonio Gálvez.*
País llamado Alechinsky: Dibujos de *Pierre Alechinsky.*
El artista, foto de *Monika Knospe.*
Para una espeleología a domicilio: Dibujo de *Jean-Michel Folon.*
Silvia: Fotos de *Lewis Carroll* y otros fotógrafos contemporáneos.
Homenaje a una torre de fuego: Dibujos de *Antonio Seguí.*
Tu más profunda piel: Foto de *J. Douglas Stewart.*
Estado de las baterías: Dibujo de *Jean-Michel Folon.*
Quartier: Foto de *Julio Cortázar.*
Las buenas inversiones: Foto de *Federico Patellani* (detalles).
En vista del éxito obtenido: Tapa y contratapa de la obra de *Francisco Fabricio Díaz*; foto, Embajada del Reino Unido, París.
La muñeca rota: Fotos de *Julio Cortázar.*

impreso en editorial romont, s.a.
presidentes 142 - col. portales
del. benito juárez - 03300 méxico, d.f.
dos mil ejemplares y sobrantes
27 de junio de 1986